渡世人伊三郎 上州無情旅

黒崎裕一郎

祥伝社文庫

目次

「渡世人伊三郎　上州無情旅」の舞台
越州
（越後国）
上州
（上野国）
野州
（下野国）
熊谷
利
根
川
武州
（武蔵国）
蕨
総州（下総国）
甲州
（甲斐国）
日本橋
相州
（相模国）
白山峠
豆州
（伊豆国）
北
西
東
南

赤城山
榛名山
利根川
烏川
軽井沢
碓氷峠
追分
沓掛
中山道
高崎
倉賀野
岩鼻
新町
血洗島
和見峠
妙義山
鏑川
初鳥谷
本宿
下仁田
一ノ宮
吉井
藤岡
本庄
深谷
下仁田街道
神流川
中山道
江州
(近江国)
濃州
(美濃国)
信州
(信濃国)
中津川
尾州
(尾張国)
勢州
(伊勢国)
城州
(山城国)
三条大橋
遠州
(遠江国)

地図作成／三潮社

第一章　道連れ

1

空がどんよりと曇っている。

街道ぞいの雑木林はすっかり葉を落とし、裸になった梢が寒々とゆらいでいる。

身を切るように冷たい北風が、街道の乾いた土を巻き上げ、視界は霞がかかったようにかすんでいる。

天保八年（一八三七）丁酉、九月（新暦十月）。

晩秋の下仁田街道を、東にむかって足早に歩いてゆく渡世人の姿があった。

飴色に焼けた三度笠、黒の棒縞の合羽に薄鼠色の股引き、肩に振り分け荷物、紺の手甲脚絆をつけ、腰に黒鞘の長脇差を落とし差しにした長身のその渡世人は、真横から吹きつける寒風を避けるように、上体をやや斜めにかたむけながら黙々と歩を運んでゆく。

昼八ツ（午後二時）をすぎたばかりだというのに、四辺は夕暮れのように昏く、行き交う旅人の姿も少ない。目に映るのは荒涼たる枯れ野だけである。

下仁田街道は、西上州と信州佐久平をむすぶ脇往還である。中山道の南側に位置するこの脇往還には、碓氷峠のような難所もなく、道中の取り締まりも比較的ゆるいので、一般庶民が気安く往来できる道として多くの人々に利用された。一名「姫街道」、もしくは「女人街道」とも呼ばれている。

やがて土埃にかすむ視界の奥に、宿場町の家並みが見えた。下仁田宿である。渡世人は歩度を落として、宿場通りに足を踏み入れた。街道の物寂しい景色とは一変して、ここには活気と喧騒がみなぎっている。

下仁田宿は、上州と信州をむすぶ交通の要所であり、交易・物流の町としても栄えていた。通りの両側には砥沢村から産出する砥石を商う砥石問屋や、上州の良質な麻を商う麻問屋、信州の佐久米を商う米問屋などのほかに、雑穀・絹・紙などを商う大小の商家が三百軒ほど軒をつらねている。

とくにこの日は六斎市(ろくさいいち)が立つ日で、近郷近在からやってきた百姓や行商人、信州から産物を運んできた商人、遠く江戸から絹や麻などを買い付けにきた仲買人などで、宿場中がごった返していた。

渡世人は、通りの中ほどの辻角にある小さな荒物屋の前でふと足をとめた。店先で五十年配のあるじが品物にはたきをかけている。

「少々おたずねしやすが」

渡世人が三度笠の下から低く声をかけた。

「はい？」

警戒するような目で、あるじが振り返った。

「小幡(おばた)の徳蔵(とくぞう)親分の家はどちらで？」

「宿場の東はずれに地蔵堂があります。それを左に折れて一丁（約百九メートル）ほど行ったところが徳蔵親分さんの家です。大きな家ですからすぐにわかりますよ」

「ご丁寧(ていねい)にありがとうござんす」

一揖(いちゆう)して、渡世人は大股に立ち去った。

活気と喧騒がみなぎる宿場通りをぬけると、しだいに人家もまばらになり、往来の人影も少なくなる。あいかわらず寒風が吹きすさび、街道の土を巻き上げている。

人家が途切れたあたりに、朽ち果てた地蔵堂があった。荒物屋のあるじに教えられたとおり、渡世人はその地蔵堂のわきの野道を左に折れた。

ほどなく前方に櫟（くぬぎ）の疎林（そりん）が見えた。その林の奥に茅葺（かやぶき）屋根の家が立っている。入母屋（いりもや）造りの大きな家である。

渡世人は、家の前で三度笠をはずし、引廻し（ひきまわし）の合羽をぬいで二つに畳むと、腰の長脇差を引きぬいて合羽にくるみ、三度笠の中におさめた。それを左小脇にかかえて戸口に歩み寄り、腰高障子（こしだかしょうじ）を五寸（約十五センチ）ばかり引き開けて、中に声をかけた。

「軒先にてごめんこうむりやす。ご当所お貸元・小幡の徳蔵親分さんのお宅はこちらさんでございやすか」

低いが、よく透る（とお）声である。ややあって奥から応えが返ってきた。

「御意（ぎょい）にござんす。どうぞお入りなすって」

腰高障子の隙間（すきま）から見えたのは、一家の子分とおぼしき若い者である。

「お言葉にしたがいやして、敷居内ごめんこうむりやす」

渡世人は腰高障子を引き開けて土間に入ると、作法どおり四歩進んで一足下がり、腰をかがめて左手を軽くにぎって膝におい た。親指を隠しているのは、自分には親分がいないということを示すための作法である。ついで右手を手のひらを上にして前に差し出し、

「お控えなすって」

と仁義を切る。

若い者も「お控えなすって」と応じ、これを三度繰り返したのち、

「再三のお言葉にしたがいまして、お引き合いを願いやす」

渡世人がゆっくり顔をあげた。歳のころは二十八、九。伸びた月代が額にかかり、浅黒く日焼けした顔は彫りが深く、見るからに精悍な面立ちをしている。

「ぶざまを引きつけまして失礼に存じます。向かいまする上さんとは、お初にお目にかかりやす。手前生国は甲州都留郡犬目村、姓名の儀は伊三郎と発しやす。ご視見のとおり、しがない旅中の者にござんす。お見知りおかれまして向後万端よろしくお頼み申しやす」

かなりの場数を踏んできたのであろう。渡世人の仁義は、若い者がたじろぐほ

ど流暢で貫録さえ感じさせた。

「ご念の入ったお言葉にござんす。お客人のご満足を得るような悪事もできやせんが、お遊びになるなら、ご遠慮なくお上がりくださいー」

「お言葉にしたがいやして、水汲みなりとさしていただきやす」

「お客人のご随意にお濯ぎください」

「恐れいりやす」

伊三郎と名乗った渡世人は、土間の片隅においてある濯ぎ盥で足を洗い、手拭いで足を拭いて畳に上がると、手甲脚絆をはずして三度笠の中に入れ、若い者の前に差し出した。

「お預かりのほどをお願いいたしやす」

「承知いたしやした」

若い者の案内で、伊三郎は奥の広間に通された。十畳ほどの板敷きの部屋である。

盆胡座を囲んで、十数人の男たちが丁半博奕に興じている。宿場の商家の旦那衆もいれば、職人や人足ていの男、そして伊三郎と同じような風体の流れ者も何人かいた。六斎市の立つ日は、諸方からそうした流れ者が賭場に集まってくるのである。

旅の渡世人が地元の賭場で遊ぶには、開帳者（主催者）である貸元に初対面の挨拶をしなければならない。この場合も一定の作法があり、まず挨拶をすべきタイミングを見計らうことが重要だった。そのタイミングは骰子の出目によって決まる。

四・三の半、五・三の丁、一・一の丁などがそれである。ただし、この目が出たときの三勝負前の出目も憶えておかなければならない。

若い者から駒札を受け取った伊三郎は、盆のすみに端座して、骰子の出目をじっと見守った。盆胡座の中央に座っているのが下仁田宿の貸元・小幡の徳蔵である。歳は五十がらみ、赤ら顔のでっぷり肥った男である。

徳蔵の正面に向かい合って座っている二人の子分は中盆と壺振りで、客たちは半座（奇数）と丁座（偶数）に分かれて座っている。

「丁半、そろいました」

中盆の声を受けて、壺振りが壺を振って盆に伏せた。「勝負！」の掛け声で壺が開く。

「四・三の半！」

かすかなどよめきとともに、丁座に張られた駒札が半座の客のもとに流れる。

その出目を見て、伊三郎がおもむろに腰をあげ、小幡の徳蔵のもとに歩み寄った。

「盆中お手留めしまして失礼にございます」

徳蔵が達磨のような目でぎろりと一瞥した。

「仁義のお許しをこうむります。ただいま推参したばかりの旅中の者にございます。目の都合がありまして控えておりやしたが、四・三の半とお見受けいたしました」

「その前の出目は？」

徳蔵が訊き返す。

「三・二の半。五・二の半。四ゾロの丁とお見受けいたしました」

この記憶に誤りがあれば、賭場から追い出される羽目になる。

客たちの視線がいっせいに伊三郎にそそがれた。伊三郎はまったくの無表情で徳蔵の返答を待っている。一拍の間のあと、

「お手をお上げなさい」

徳蔵がにやりと笑った。その笑みが了解を示していることは、いうを俟(ま)たない。博奕への参加を許されたのである。伊三郎はくるりと背を返して、

「ご列席のご一同さまにごめんこうむりやす」

盆の客たちに一礼し、ふたたび徳蔵に向き直った。

「ご当所お貸元・小幡の徳蔵親分さんにはお初にお目通りかないます。手前生国は甲州都留郡犬目村、名前の儀は伊三郎と発します。ご視見どおりの未熟の輩(やつがれ)にございやすが、よろしくお引き立てのほどをお願いします」

「ご念の入ったお言葉にござんす。遠慮なくお遊びください」

「さっそくのお許し、ありがとう存じます」

低頭して、伊三郎が盆胡座にもどると、それを待っていたかのように、

「さァさ、張ったり、張ったり」

中盆が客たちに駒札を張らせる。半目が三回もつづいたせいか、丁座に張られた駒札が圧倒的に多い。壺振りが苦い顔で盆を見つめている。丁半同数にならなければ勝負は成り立たないのだ。

「半座が空いてます。半座はござんせんか。半座にどうぞ」

中盆があおり立てるが、誰も半座に張るものはいない。それを見て、伊三郎が

おもむろに駒札の山を半座に張った。厚紙に黒漆を塗ったこの駒札を「鐚駒」といい、一枚二十文に相当する。

「丁半そろいました」

壺振りが壺を振って、盆に伏せた。「勝負」の声とともに壺が開く。

「一・六の半！」

丁座の客のあいだから落胆のため息が洩れた。丁座に張られた駒札のほとんどが伊三郎の手元に集まった。伊三郎はにこりともせず、黙々と駒札を張りつづける。

小半刻（小一時間）ののち、伊三郎の手元には四百枚の駒札が積まれていた。駒札一枚が二十文だから、銭八千文（二両）の勘定になる。現代の貨幣価値に換算すると、ざっと十六、七万の儲けである。

伊三郎は、その駒札の山を持って徳蔵の前に膝行し、金に換えてもらった。

「十分遊ばせていただきやした。これはほんの親分さんのお勝手元、お納めのほどをお願いいたします」

五百文の銭を差し出した。徳蔵の顔がほころんだ。

「これは過分なお志、辞退いたすが本意でござんすが、それではかえって失礼さんにござんす。遠慮なくちょうだいいたしやす」

「では、ごめんなすって」

丁重に頭を下げて、伊三郎は賭場を退出した。


空はますます昏く、あいかわらず寒風が吹きすさんでいる。

三度笠のあご紐をしっかりむすび、引廻しの合羽の前を固く合わせて、伊三郎はふたたび下仁田街道を東をさして歩きはじめた。

どこへという当てもない流浪の旅である。

日が暮れれば最寄りの宿場や村の安宿に泊まり、手持ちの金がなくなれば旅先の貸元の賭場で小銭を稼いで、また旅に出る。そんな流転無窮の日々を、伊三郎は十二年もつづけていた。文字どおり一所不在。親分なし、子分なしの一匹狼である。

伊三郎は、甲州都留郡犬目村の百姓総代・宗右衛門の次男として、文化五年（一八〇八）に生まれた。今年三十歳。本名は清吉である。実家が比較的裕福だったために、清吉は何の苦労もなく自由暢達に少年期をすごしてきた。

そんな清吉に人生の転機がおとずれたのは、十九歳のときだった。

その年（文政九年、一八二六）の夏は、甲州全域にわたって霖雨がつづき、日照不足のために米をはじめとする農産物は大凶作に見舞われた。

犬目村の百姓総代をつとめる清吉の父・宗右衛門は、村人たちの窮状を見かねて代官所に年貢の軽減を願い出たが、何度足を運んでも嘆願は聞き入れられず、思いあまったあげく、近隣二カ村の百姓総代と共謀して一揆を企てたのである。

一揆の傘連判に名をつらねたのは犬目村、大井村、小西村三カ村の百姓およそ二百五十名だった。もちろん、その中には清吉と兄・長一郎、弟・宗助の名もあった。

計画は極秘裡に、そしてきわめて周到に準備された。

決行は七月十日の深夜。鍬や鋤、鎌、竹槍などで武装した二百五十名の百姓が四組に分かれ、三組が三カ村の庄屋の屋敷に打ち壊しをかけ、一組が代官所を襲撃する手はずになっていた。

ところが……、

蜂起直前に密告者が出たために、一揆の首謀者たちは代官所の鎮圧隊の急襲を受けてことごとく殺されてしまったのである。

鎮圧隊の弾圧は猖獗をきわめた。首謀者たちの家には火がかけられ、逃げまどう家人は女子供を問わず、手当たりしだいにその場で斬り捨てられ、あるいは銃で撃ち殺された。情け容赦のない鏖殺だった。

清吉の家にも火が放たれて、父・宗右衛門と母・りくは焼死、兄と弟も鎮圧隊によって斬殺された。このとき、さいわいにも清吉は武器の調達のために外出しており、かろうじて難を逃れた。

のちにわかったことだが、蜂起直前に代官所に密告したのは、大井村の百姓総代・喜兵衛と博徒の親分で村の目明しもかねる助五郎という貸元だった。俗にいう「二足の草鞋を履く」男である。喜兵衛はこの男に脅かされて仲間を裏切ったのである。

それを知った清吉は、付近の山中に三日三晩身をひそめたのち、四日目の未明に大井村の百姓総代・喜兵衛の寝込みを襲って一家四人を殺害し、さらにその足で助五郎の妾宅に押し込み、妾もろとも助五郎を斬り殺して逃亡した。

この瞬間から、清吉は名を「伊三郎」と変え、無宿渡世の世界に足を踏み入れたのである。ちなみに「無宿」とは人別帳（戸籍）から名前をはずされた者のことをいい、すでに宝永六年（一七〇九）から、幕府法令上にその呼称が使われていた。

2

下仁田宿の徳蔵の家を出てから、およそ四半刻（三十分）後。

伊三郎は、白山峠(はくさんとうげ)の登り道を歩いていた。

白山峠から東側の南蛇井(なんじゃい)村にかけての一帯は、日本一の麻の産地として知られている。峠道の左右にも麻畑が広がっているが、麻の刈り取りが終わったこの時季は、ただの枯れ野と化していた。

あいかわらず身を切るような北風が吹きすさんでいる。

時刻は七ツ（午後四時）ごろだろうか。峠道は薄い夕闇につつまれていた。

峠の中腹にさしかかったところで、伊三郎の足がふと止まった。背後に人の気配を感じたのである。こんな時刻に峠を往来する旅人はめったにいない。けげんに思いながら、三度笠のふちに手をかけて、ゆっくり振り返った。

三つの影が小走りに峠道を駆け登ってくる。いずれもボロボロの三度笠をかぶり、垢(あか)まみれの道中合羽をまとった、薄汚れた渡世人たちである。

三人は息を荒らげながら伊三郎の前で立ち止まった。

「あっしに何か用ですかい？」

「伊三郎さんといいやしたね」

誰何（すいか）したのは、肩幅の広い巨軀（きょく）の渡世人である。三度笠の破れ目からのぞいている顔に見覚えがあった。小幡の徳蔵一家の賭場にいた三人組の渡世人の一人である。

「そういえば、徳蔵親分さんのところでお目にかかりやしたね」

「おまえさんのお手並み、とくと拝見したぜ」

別の一人が黄色い歯を見せてにっと笑った。髭面（ひげづら）の細身の渡世人である。

「あっしら、さっぱりツキがなくてな。素寒貧（すかんぴん）になっちまったのよ」

「それはお気の毒にござんす」

「同じ渡世のよしみだ。少しばかり廻してもらえねえかい？」

小肥（こぶと）りの渡世人がいった。物いいはおだやかだが、早い話、金をたかろうという魂胆（はら）である。

「お断り申しやす」

「なに」

「おまえさん方に金を無心される筋合いはござんせん。ごめんなすって」

冷然といい捨てて、伊三郎は合羽をひるがえした。

「待ちやがれ！」

屈強の渡世人が、怒声を発して伊三郎の前にまわり込んだ。

「てめえ、渡世人同士の義理ってもんを知らねえのか」

「初見の相手に義理はねえでしょう」

「つべこべいわず、有り金全部出しやがれ！」

わめくやいなや、三人がいっせいに長脇差を抜き放ち、伊三郎を取り囲んだ。

渡世人といっても、この手の男たちは盗っ人や追剝（おいはぎ）と変わらない。金のためなら人殺しも平気でやってのける連中なのだ。上州にはこういう手合いが掃（は）いて捨てるほどいる。

合羽の下の伊三郎の右手が長脇差の柄（つか）にかかっていた。

「面倒だ。殺（や）っちまえ！」

小肥りの渡世人が吠（ほ）えた。それを合図に三人が同時に斬りかかってきた。その瞬間、

ばっ。

伊三郎の合羽が大きくひるがえった。一瞬、三人の視界がふさがれた。木綿（もめん）の

分厚い布地で作られた引廻しの合羽は、それ自体が一種の防具なのである。合羽をひるがえすと同時に、伊三郎は片膝をついて身を沈めた。

「ぎえッ」

奇声を発して、髭面の渡世人がのけぞった。伊三郎の長脇差が、髭面の胸板をつらぬいたのだ。切っ先は背中に突き抜けていた。

渡世人の剣法には、正式な流派もなければ、理論で裏付けされた刀術もない。単なる喧嘩殺法である。いかに効果的に相手を殺傷するか、それだけである。その意味でもっとも有効なのは、斬ることよりも突き刺すこと、すなわち「刺突」の剣である。伊三郎の剣法もまさにそれだった。

すぐさま長脇差を引き抜き、左から斬りかかってきた小肥りの渡世人の脾腹を横殴りにはらった。刀刃が渡世人の脇腹を、合羽もろとも切り裂いていた。ざっくり割れた腹から白い臓物が飛び出している。おびただしい血をまき散らしながら、小肥りの渡世人は峠道にころがった。

「ち、ちくしょう」

巨軀の渡世人が、数歩跳び下がって長脇差を中段にかまえた。

伊三郎は、合羽の前をひらいて背中に垂らし、両手をだらりと下げて渡世人の前に立った。右手に下げた長脇差の切っ先は地面をむいている。

にらみ合ったまま、しばらく無言の対峙がつづいた。

風が一段と強まり、峠道に砂塵が舞い上がる。

巨軀の渡世人が、足をすりながら、じりじりと間合いを詰めてきた。伊三郎の目は渡世人の足元に吸いついている。ボロ雑巾のような脚絆とすり切れた草鞋が、この渡世人の逼迫したふところ具合を如実に示していた。

「どうした？　怖じ気づいたのか」

切っ先をゆらしながら、渡世人が挑発するようにいった。伊三郎は無言。両手を下げたまま微動だにしない。

「おめえのふところに二両の金があることはわかってるんだ。おとなしくその金を差し出せば、命だけは助けてやってもいいんだぜ」

「あいにくだが、金も命もくれてやるわけにはいかねえ」

「そうかい。じゃ仕方がねえな」

渡世人が長脇差を振りかぶった。伊三郎は仁王立ちしたままである。

「死にやがれ！」

渡世人が地を蹴った。刃うなりを上げて、長脇差が伊三郎の頭上に飛んできた。真っ向唐竹割りの一刀である。刹那、伊三郎は横っ跳びに刀刃をかわし、下からすくい上げるように薙ぎ上げた。

きーん。

鋭い鋼の音がひびき、両断された渡世人の長脇差が宙に舞い、折れた切っ先がかたわらの老杉の幹に突き刺さった。間髪をいれず、伊三郎は薙ぎ上げた長脇差を、渡世人の利き腕めがけて叩き下ろした。

ずばっ、と鈍い音がして、渡世人の手首が長脇差の柄をにぎったまま切断された。

「わッ」

悲鳴を上げて、渡世人はぶざまに尻餅をついた。切断された手首からすさまじい勢いで血が噴き出している。渡世人は傷口をおさえながら、両膝をついて、

「ま、待て!」

哀訴するように伊三郎を見上げた。つい先ほどの威圧的な表情とは打って変わって、別人のように情けない顔をしている。

「す、すまねえ。おれが悪かった。脇差を引いてくれ」

「命乞いか」

「こ、このとおりだ。頼む！」

渡世人は峠道に土下座して、額をこすりつけんばかりに頭を下げた。そのさまを冷ややかに見下ろしながら、

「いったん長脇差を抜いたら、殺すか殺されるか、二つに一つしか道はねえ。それがこの渡世の運命なんだぜ」

伊三郎は長脇差を逆手に持ち替えた。

「おめえさんに三つめの道はねえのさ」

いいざま、渡世人の背中に垂直に長脇差を突き下ろした。切っ先は渡世人の分厚い背中をつらぬき、地面に突き刺さった。声も叫びもなかった。渡世人の四肢がひくひくと痙攣している。ほどなく口から血へどを吐いて絶命した。

伊三郎は、渡世人の腰に片足をかけて長脇差を引きぬくと、刀刃の血ぶりをして鞘におさめ、何事もなかったかのように、ふたたび峠道を登りはじめた。

ヒュルル、ヒュルル……。

木立のあいだを虎落笛のような音を立てて、寒風が吹き抜けてゆく。

伊三郎は、右手で三度笠のふちをおさえ、風に立ち向かうように前傾姿勢で旅を急いだ。

白山峠を越えたころには、もう日はとっぷり暮れて、四辺は深い闇に領されていた。

前方に見えるまばらな灯火は、南蛇井村の人家の明かりであろう。

南蛇井村をすぎると、半里(約二キロ)ほどで一ノ宮宿に着く。

町並み四丁半(約五百メートル)。

家八十六軒。

宿七軒の小さな宿場町である。

伊三郎は、宿場の東はずれの『上総屋』という旅籠に旅装を解いた。

この旅館には一階に三部屋、二階に四部屋、併せて七部屋あったが、すでに六部屋は客で埋まっていた。到着がもう少し遅れていたら、あやうく泊まり損ねるところだった。

伊三郎が通されたのは、二階の四畳半の部屋だった。行灯がぽつんとおかれているだけで、家具調度類は何もない。殺風景な部屋である。部屋のすみに粗末な夜具が積んであった。伊三郎が部屋に入るなり、中年の女中があわただしく夕餉の膳を運んできた。

どんぶり飯に岩魚の塩焼き、野菜の煮つけ、沢庵、それに味噌汁がついている。

「どうぞ、ごゆっくり」

膳をおいて、そそくさと出ていこうとする女中に、伊三郎が声をかけた。

「姉さん。めしを食ったら風呂に入りてえんだが」

「あいにくですけど、もうお風呂のお湯は落としてしまいました」

そっけなくいって、女中は出ていった。

一般の旅人は七ツ（午後四時）ごろ旅籠に到着して、すぐに風呂をあび、六ツ（午後六時）に夕食をとって、六ツ半（午後七時）には床（とこ）につくのが通例であった。

伊三郎が、この旅籠に着いたのは、六ツすぎである。風呂の湯を落とされたからといって、文句のいえる立場ではなかった。夕飯にありつけただけでも「よし」としなければならない。

飯を食べおえ、食器と膳を廊下に出して、夜具を敷きのべようとしたときである。

急に階下が騒がしくなった。

「ご浪人さま、勝手に上がられては困ります！」

宿のあるじらしき男の甲走った声が聴こえた。その声をはねつけるように、

「人を探しているのだ。部屋をあらためさせてもらう」

胴間声がひびき、ずかずかと廊下を踏み鳴らす足音がした。伊三郎は長脇差を手元に引き寄せて、廊下の唐紙にするどい目をすえた。

階段に荒々しい足音がひびいたかと思うと、ふいに唐紙ががらりと引き開けられ、敷居ぎわに二人の浪人者が立った。いずれも月代は伸び放題、不精髭をはやし、垢じみた黒木綿の袷に埃まみれの袴をはいている。手甲脚絆をつけているところを見ると、旅の浪人のようだ。

「何か用ですかい？」

「その方、弥吉と申す渡世人を知らぬか」

痩せぎすの浪人がいった。

「知りやせんね」

「念のために名を聞いておこうか」

もう一人が訊いた。肩の肉が盛りあがった猪首の浪人である。

「甲州無宿の伊三郎と申しやす」

「連れは？」

「ひとり旅にござんす」

「そうか」

と、そのとき、階下で「いたぞ！」と野太い声がひびいた。どうやら一階にも浪人の仲間がいたらしい。「おう！」と応えて、二人の浪人が身をひるがえした。階段を駆け降りる足音とともに、階下で、

「表だ！」

「逃がすな！」

怒声が飛び交った。

伊三郎は、反射的に立ち上がり、障子窓を引き開けて表の様子を見た。

三度笠の小柄な渡世人が、道中合羽をひるがえして一目散に飛び出してゆく。それを追って四人の浪人が脱兎の勢いで走る。たちまち四人の影は闇の深みに消えていった。

別に驚いた様子もなく、伊三郎は窓を閉めて、蒲団を敷きはじめた。

長いあいだ流浪の旅を重ねていると、道中先でさまざまな事件に遭遇する。いまの騒ぎもその一つにすぎなかった。あの小柄な渡世人と四人の浪人のあいだに、どんないさかいがあったのか、知るすべもないし、知りたいとも思わなか

った。

他人のもめごとにはいっさい関わり合いを持たないのが、旅の心得であり、渡世人の処世術なのだ。

毛羽立った畳の上に粗末な煎餅蒲団を敷きのべると、伊三郎は衣服を身につけたまま、長脇差をふところに抱いて寝床にもぐり込んだ。

胴巻と長脇差だけは、寝るときも体から離さない。これも渡世人の保身術である。

ヒュルル、ヒュルル……。

風が泣いている。

隙間風の寒さが身にしみた。

障子窓がばたばたと音を立ててゆれている。

いつか伊三郎はかすかな寝息を立てていた。

3

昨日の曇天がうそのように、今朝は雲ひとつなく晴れ渡っていた。

風もやんでいる。

この時季にはめずらしく、おだやかで暖かい陽差(ひざ)しが降りそそいでいる。

伊三郎は、早々に朝めしを食べて、旅籠をあとにした。

一ノ宮宿を出て、七日市(なのかいち)藩の陣屋前を通り、三十丁（約三キロ）ほど行くと富岡(とみおか)町に出る。

降りそそぐ陽差しの下を、一ノ宮から富岡町まで休まず歩いてきたので、伊三郎は全身にうっすらと汗をかいていた。昨夜、風呂に入りそびれたせいで体がむずがゆい。

伊三郎は三度笠のふちを押し上げて、四囲を見わたした。

街道にそって右手に川が流れている。鏑川(かぶらがわ)である。

思い立ったように、伊三郎は街道から川原の小道に足をむけた。

川原一帯に広大な桑畑(くわばたけ)がひろがっている。遠くに点在する茅葺屋根の家は、養蚕(ようさん)農家であろう。あちこちで野焼きの煙が立ちのぼっている。

川岸で足をとめると、伊三郎は三度笠と合羽をはずして、諸肌(もろはだ)ぬぎになった。胸板が厚く、腕は丸太のように太い。筋骨隆々たる体である。振り分け荷物の中から手拭いを取り出し、それを川の水にひたして体を拭いた。

背中に見事な刺青がある。九匹の青竜がからみ合った、いわゆる「九紋竜」の図柄の刺青である。伊三郎は十八のときに、相州（相模）藤沢宿の〝彫辰〟という彫物師に、この刺青を彫ってもらった。

竜は水を呼ぶという。古来のいい伝えである。それにちなんで、猛火につつまれて焼け死んだ父母の供養のために、水を呼ぶ「九紋竜」の図柄を選んだのだが、いつしか、この刺青が伊三郎の通り名になっていた。

と……、

ふいに伊三郎の顔に緊張が奔った。背後で枯れ草を踏みしだく足音がする。伊三郎は背をむけたまま、右手を長脇差の柄にかけ、用心深く背後の気配を探った。

はたと足音がとまった。

「突然のぶしつけ、お許しこうむりやす」

その声に、伊三郎はゆっくり振り返った。二間（約三・六メートル）ばかり後方に、三度笠を目深にかぶり、道中合羽をまとった小柄な渡世人が中腰で立っていた。

「九紋竜の伊三郎さんとお見受けいたしやしたが」

「おめえさんは……？」

「ご視見のとおり未熟者にござんす。生国は信州宮の越。名前の儀は弥吉と発します」

「弥吉？」

その名を聞いたとたん、伊三郎の脳裏を昨夜の騒ぎがよぎった。四人の浪人が探していた渡世人も「弥吉」という名の渡世人だった。

「稼業、昨今駆け出しにござんす。お見知りおかれまして、向後万端よろしくお頼み申します」

作法通りに仁義を切ると、渡世人はあご紐をほどいて、三度笠をはずした。意外に若い男である。歳のころは二十前後、色白で目もとの涼しげな若者である。

「で、あっしに用向きというのは？」

「伊三郎さんの旅のお供をさせてもらいてえと思いやして」

「おめえさんはどこに行くんだい？」

「中山道の倉賀野宿に行くつもりでござんす」

「あいにくだが、あっしは中山道を南に下るつもりだ。倉賀野は正反対の方角になる」

「では、せめて本庄宿までご一緒に……」

弥吉がすがるような目でいった。本庄宿は中山道と下仁田街道の分岐点である。

「おめえさん、急ぎ旅なのかい？」

衣服に袖を通しながら、伊三郎がずばりと訊いた。急ぎ旅とは凶状旅のことをいう。一瞬、弥吉の顔が強張り、返答に詰まった。

「追われ者との道行きは、ごめんこうむるぜ」

いいながら、伊三郎は三度笠をかぶり、手早く手甲脚絆をつけて合羽をまとった。

「ちょ、ちょっと待っておくんなさい」

弥吉があわてて前にまわり込んだ。

「こ、これにはのっぴきならねえ事情があるんで。……どうか話だけでも聞いておくんなさい」

「どんなわけがあろうと、あっしの知ったことじゃねえ」

突き放すようにいって、伊三郎は大股に歩き出した。さすがに弥吉は憮然となったが、すぐに気を取り直して、伊三郎のあとを追った。

街道に出たところで、伊三郎はちらりと背後を振り返った。

五、六間（約九〜十メートル）離れて、弥吉がぴたりとついてくる。伊三郎が歩度を速めると、それに合わせて弥吉も足を速めた。伊三郎が歩調を落とせば、弥吉も足をゆるめる。そんなつかず離れずの道中が十丁（約一キロ）ほどつづいた。

伊三郎は内心うんざりしていた。

相手は勝手に街道を歩いているのだから、「ついてくるな」ともいえない。どこかで一休みして弥吉をやり過ごそうかとも思ったが、伊三郎が休みをとれば、おそらく弥吉も休みをとるだろう。いずれにせよ、弥吉があきらめないかぎり、この奇妙な道中はつづくことになるのだ。

（好きなようにするがいいさ）

苦々しい思いで、伊三郎は歩きつづけた。

下仁田街道は、曾下（そげ）の先で鏑川の舟渡しになる。

ちょうど舟着場の桟橋（さんばし）に渡し舟が入ったところで、三人の旅人が舟に乗り込もうとしていた。大きな荷物をかついだ行商人らしき男、墨染（すみぞ）めの僧衣をまとった旅の雲水（うんすい）、そして塗笠（ぬりがさ）をかぶった浪人者である。

三人のあとについて、伊三郎も舟に乗り込んだ。渡し賃は十二文である。

「ま、待ってくれ！」

叫びながら、弥吉が一目散に走ってきた。息せき切って舟に飛び乗り、何食わぬ顔で伊三郎のとなりに腰をおろした。ほかにも空いている場所はいくらでもあるのに、わざと伊三郎のとなりを選んだのは、連れと見せかけるための小芝居であろう。

伊三郎は、同乗の浪人者が気になった。

塗笠で顔は見えないが、右の頰に五寸（約十五センチ）ほどの疵があった。色あせた無紋の黒羽二重に朽葉色の袴をはいている。どことなく剣吞な雰囲気をただよわせたその浪人は、舟べりにもたれたまま、腕組みをしてじっと対岸に目をやっている。

もし、この浪人が昨夜の四人組の浪人の仲間だとすれば、伊三郎も弥吉の連れと見なされて巻き添えを食いかねない。それが気になったのだ。

渡し舟が対岸の船着場に着くまで、五人の客たちは一言も言葉をかわさなかった。

「お待たせしやした」

船頭が水棹を差して、舟を桟橋に着けた。

真っ先に舟を降りたのは、浪人者だった。ついで雲水と行商人が舟を降り、そのあとに伊三郎がつづいた。最後に弥吉が舟を降りて、伊三郎の背後にぴたりとついた。

浪人の姿は、もうかなり小さくなっている。驚くほど速い足取りである。遠ざかる浪人の姿を見て安心したのか、弥吉が小走りに駆け寄ってきて、

「舟に乗ってるあいだ、生きた心地がしやせんでしたよ」

小声で話しかけてきた。弥吉も浪人の存在が気になっていたのだ。伊三郎は無視するように黙って歩きつづけた。

「伊三郎さんのうわさは、追分宿の居酒屋で聞きやした。駒蔵さんというお人からです」

弥吉が勝手にしゃべりつづける。

――駒蔵。

どこかで聞いたような名だが、思い出せない。弥吉が語をついだ。

「二年ほど前に、野州（下野）芦野の湯治場で伊三郎さんと一緒だったといっておりやしたよ」

（芦野の湯治場？）

それで思い出した。二年前の春、伊三郎は奥州街道・芦野の里（現・那須町）で、四人の渡世人に喧嘩を売られたことがあった。肩が触れたの触れないのと些細なことで因縁をつけられ、金を要求されたのである。

伊三郎がそれを断ると、四人はいきなり長脇差を抜いて斬りかかってきた。いずれも喧嘩慣れした凶暴な男たちだったが、激闘の末に伊三郎は四人をことごとく斬り殺した。

だが、その喧嘩で伊三郎は左足をくじいてしまった。くるぶしの周囲が真っ赤に腫れあがり、歩くのもままならぬほどひどい怪我であった。

さいわい近くに湯治場があったので、伊三郎は芦野の湯宿に十日ほど逗留して、怪我の治療に専念した。そのとき、同じ湯宿に泊まっていたのが、駒蔵という初老の渡世人だった。物腰の低い、枯れた感じの男だったことを、伊三郎はいまでも鮮明に憶えている。

「四人の渡世人を叩き斬った、その凄腕の渡世人は……」

弥吉がつづける。

「背中に〝九紋竜〟を彫っていたと、駒蔵さんから聞いておりやしたんで、先刻、鏑川のほとりで伊三郎さんの背中の彫物を見たとき、あっしはすぐにピンときたんです。うわさの伊三郎さんてのは、この人じゃねえかと」

「………」

「それで、その……」

弥吉は気まずそうに笑った。まだ幼さを残した人なつっこい笑顔である。

「伊三郎さんの腕を見込んで、旅の道連れになってもらおうかと……、ぶしつけを承知でお願いしたって次第でござんす」

「………」

伊三郎はあらためて弥吉の顔を見直した。

笑った顔が、どことなく死んだ弟の宗助に似ていた。

宗助が代官所の手の者に殺されたのは十七のときである。色白のひ弱な少年だったが、そのわりに根はしっかりしていて、誰よりも家族思いの弟だった。生きていれば今年二十八歳になる。

「おめえさん、この稼業に入って何年になる?」

伊三郎がはじめて口をきいた。

「二年になりやす」

「その前は」

「百姓をしておりやした」

「在所は信州宮の越といったな」

「へい。十八のときに口べらしのために小諸の勢五郎親分のところへ修業に出されやしてね。二年ばかり使いっ走りをしておりやしたが、七日前に暇をもらって旅に出やした」

「倉賀野宿に行くといっていたが……」

「へい」

「何か目的でもあるのか」

一瞬、弥吉はためらうような表情を見せたが、照れ笑いを浮かべながら、

「女に逢いに行くところで……」

「女？」

伊三郎がけげんそうに訊き返した。

「あっしの許嫁でしてね。来年の春、祝言をあげることになっておりやした」

女の名は、お絹。弥吉と同じ在所の貧しい百姓の三女で、今年十九歳になるという。

そのお絹が、上州倉賀野宿の飯盛旅籠に奉公に出されたのは、ふた月前だった。

一家の大黒柱の父親が卒中で倒れたために、姉のお恵とともに奉公に出されたというのである。弥吉はお絹の母親からそう聞かされていた。

ところが十日前にお絹から届いた手紙を見て、弥吉は飛びあがらんばかりに仰天した。お絹は奉公に出されたのではなく、じつは父親の借金を返済するために、姉のお恵とともに五十両の金で飯盛旅籠に売られたのである。

「売られた？」

「へえ。年季は十年だそうで……」

弥吉の声は暗く沈んだ。

「年季明けまで、おめえさん待つつもりかい？」

「とても十年なんて。いえ、たとえ一年だって待ちきれやせん。待てねえから親分に暇をもらって、お絹に逢いに行くことにしたんで」

「逢ってどうするつもりなんだ」

弥吉の返事はなかった。思案げに空を見上げ、しばらくしてから、うめくようにこういった。

「逢ったからって、どうにかなるわけじゃねえことは、あっしも重々承知しておりやす。けど……、とにかく、お絹に逢いてえんです。一目だけでも逢いてえんです。いまはそのことしか頭にありやせん」

「…………」

弥吉の旅の目的はそれでわかったが、なぜ四人の浪人者に追われているのか、その理由（わけ）は依然として謎（なぞ）だった。訊けば素直に応えてくれるだろう。だが、伊三郎はあえてそれ以上訊こうとはしなかった。面倒なことに巻き込まれたくなかったからである。

「弥吉さん。あっしについてくるのは勝手だが……」

三度笠を押し上げて、弥吉を射すくめた。

「おめえさんを道連れにした覚えはねえ。すまねえが離れて歩いてくれねえかい」

「――一つだけお訊（たず）ねしやす」

弥吉が悲しげな表情で見返した。

「伊三郎さんは、あっしが嫌いなんで？」

「好き嫌いは関わりねえさ。相手が誰だろうが、他人（ひと）さまとしがらみを持たねえのが、あっしの生き方なんだ」

にべもなくいって、伊三郎は足を速めた。

あっという間にそのうしろ姿が遠ざかってゆく。

4

伊三郎のうしろ姿を視界にとらえながら、弥吉は黙々と歩きつづけた。

両者の距離はおよそ四間（約七メートル）。執拗（しつよう）なまでにその距離を保ちながら、弥吉が伊三郎のあとをつけていくのは、自分の身に万一があった場合、かならず伊三郎が助けてくれるという確信があったからである。

その確信の根拠は、追分宿の居酒屋で会った駒蔵という老いた渡世人の一言にあった。

「伊三郎ってお人は、甲州の百姓の出で、根っからの無宿（やどなし）じゃねえのさ」

弥吉も同じ百姓の出である。表面的には冷徹さをよそおっているものの、伊三郎の心の底には、きっと自分と通じるものがある。いざというときには、かならず力になってくれるにちがいない。弥吉はそう信じていた。

上り下りの山道を歩いているうちに、ようやく平地に出た。

間もなく吉井宿である。

一ノ宮宿をすぎてから、ずっと街道の右端に見えていた鏑川が、いつの間にか左に流れていた。このあたりの土地は、天明三年（一七八三）の浅間焼け（噴火）の焼砂が堆積して灰色をしている。

吉井宿が近づくにつれて、街道を往来する旅人の数がしだいに増えてくる。三度笠の下の弥吉の顔が緊張しはじめた。街道を行き来する旅人に油断なく目をくばりながら、口をへの字に引きむすび、

「死んでも、こいつだけは離さねえ」

と、いわんばかりの顔つきで、肩の振り分け荷物を右手でしっかり押さえた。その振り分け荷物の中には、ある人物から託された〝重要なもの〟が入っていた。縦八寸（約二十四センチ）、横五寸ほどの矩形の桐油紙の包みである。もっとも、その包みの中に何が入っているのか、弥吉も知らなかった。

話は、四日前にさかのぼる。

中山道の追分宿を出た弥吉は、碓氷峠の難所とその先の関所を避けるために、

南の下仁田街道に足を向けた。空は分厚い雲におおわれ、寒風が吹きすさんでいた。

九ツ半（午後一時）ごろ、和美峠にさしかかった。吹きすさぶ寒風のせいか、峠越えをする旅人の姿はほとんど見当たらなかった。

峠の頂上に着いたところで、弥吉は遅い中食をとることにした。風を避けて雑木林の窪みに腰をおろし、振り分けの小行李の中から、竹皮の包みを取り出した。追分宿の旅籠で用意してもらったにぎりめしである。大ぶりのにぎりめし二個をむさぼるように平らげて立ち上がろうとしたときだった。

ふいに背後の熊笹の茂みがガサッとゆれて、茂みの奥に黒い影がよぎった。一瞬、弥吉は肝をつぶした。熊でも出たかと思い、あわてて樹幹の陰に身をひそめて様子をうかがった。そこへ、ころがるように飛び出してきたのは、三十二、三の旅装の武士だった。その武士の姿を見て、弥吉はさらに驚いた。

衣服がずたずたに切り裂かれ、全身が血まみれだった。気息奄々のていで藪陰から飛び出してきた武士は、力つきたようにばったりと草むらに倒れ込んだ。

「お侍さん！」

弥吉が駆け寄った。

「どうなすったんですか！」

武士がゆっくり顔をあげた。多量の出血のせいか、顔は紙のように白く、唇も青ざめている。死期が迫っていることは一目瞭然だった。

「た、頼みが……、ある……」

ほとんど聞き取れないほど低い声でそういうと、武士は震える手でふところから桐油紙の矩形の包みを取り出して、

「こ、これを倉賀野宿の……、『井筒屋』という旅籠に届けてくれ……」

「誰に渡せばいいんで？」

「十日後に……、松崎数馬という者が……、旅籠にあらわれる。……その男にこれを渡してくれれば……」

あえぐようにいって、武士はふところから矢立と懐紙を取り出し、

〈此の者に、金五十両を被下置様、右、願い奉り候。荒木文之進〉

と走り書きして、弥吉に手渡した。

「その方に……、五十両の礼金を払う」

「五十両！」

「よいな……。しかと……、頼んだぞ」

それが武士の最期の言葉だった。筆をにぎったまま、武士は絶命していた。

——五十両。

弥吉にとっては夢のような大金である。五十両の金があれば、お絹を身請けすることができる。まさに降ってわいたような僥倖だった。

武士から手渡された書き付けをふところにねじ込むと、弥吉は矩形の桐油紙の包みを振り分け荷物の小行李の中にしまい、ひらりと身をひるがえした。

と、そのとき、背後で男の甲高い声がひびいた。

「いたぞ！」

「息はあるか」

「いや、死んでいる」

「例のものは」

「ない！」

「まさか誰かに手渡したのではあるまいな」

「あ、あの男！」

怒声とともに、三人の武士が雑木林の中から飛び出してきた。いずれも屈強の旅装の武士たちである。弥吉は峠道を一目散に駆け下りた。

「待て！」

声が迫ってくる。弥吉は死にもの狂いで走った。

もともと脚力には自信があった。野良仕事で足腰を鍛えたおかげで、速さだけではなく持久力も身につけていた。小諸の勢五郎一家では、「韋駄天」の異名をとるほどの駿足だった。

半里（約二キロ）の距離を一気に走った。

走りながら何度か背後を振り返って見たが、追手の姿はなかった。

陽が西にかたむきはじめたころ、初鳥谷村に着いた。この村には宿が九軒しかない。宿の部屋数より客の数が多い場合は、くじで泊まりを決めたという。

ちらほらと明かりを灯した家並みを横目に見ながら、弥吉は初鳥谷村を足早に通りすぎた。できるかぎり追手との距離を引き離しておきたかったからである。

初鳥谷村から次の本宿までは、二里（約八キロ）の距離である。

弥吉は、本宿の手前の山中に炭焼き小屋を見つけ、そこで一夜をすごすことにした。窯の中にわずかに残り火があり、暖をとるには打ってつけだった。

およそ二里半（約十キロ）を休まず走りつづけてきたために、疲労は極限に達していた。弥吉は窯の前の筵に折りくずれるように体を横たえた。

檜皮屋根の破れ目から夜空が見える。

雲が流れて、月が顔をのぞかせた。青白い月明かりが、檜皮屋根の破れ目から帯状に差し込んできて、弥吉の顔を照らし出した。

弥吉はふと思い立って、振り分け荷物の小行李の中から、死んだ武士に託された桐油紙の包みを取り出して、まじまじと見入った。中に何が入っているかわからないが、この包みを倉賀野宿の旅籠『井筒屋』に届ければ、五十両の礼金がもらえるのだ。

その五十両でお絹を身請けして、どこか静かな場所に移り住んで、二人だけでひっそりと暮らす。そんなささやかな夢が、十日後には現実となるのである。それを思うと気持ちが昂って、なかなか寝つけなかった。

気がつくと、しらじらと夜が明けていた。凍てつくような寒気が張り詰めている。

いつの間にか炭焼き窯の中の残り火も消えていた。

弥吉は思わず身ぶるいした。寒さで急に尿意をもよおしたのである。小屋のすみで放尿すると、弥吉は三度笠をかぶり、道中合羽をまとって小屋をあとにした。

重畳（ちょうじょう）とつらなる急峻（きゅうしゅん）な山並みの向こうに、朝陽が耀（かがや）いている。

陽の高さから見て、時刻は六ツ半（午前七時）ごろだろう。

ほどなく本宿村に着いた。村の出口には西牧（さいもく）関所がある。俗に「碓氷裏関所」とか「本宿御番所」と呼ばれる簡素な関所で、村役人が関守（せきもり）をしている。

この関所では上り（西）の旅人は道中切手を必要としたが、下り（東）旅の弥吉は道中切手がなくても素通りできた。朝が早いせいか、関所を通る旅人の姿はなく、関守の姿も見当たらなかった。弥吉が通りぬけようとすると、

「旅人（たびにん）さん」

ふいに声がかかり、柵門（さくもん）のわきの番小屋の中から、初老の関守が眠たそうに目をしばたたかせながら出てきた。念のために名前と在所を聞いておきたいという。

「小諸の在の弥吉と申しやす」

弥吉は素直に応えた。

「どちらへまいられるので？」

「上州倉賀野へむかうつもりでござんす」

「さようでございますか。お急ぎのところお呼びとめして申しわけありません。どうぞお通りくださいまし」

関守は丁重に頭を下げて、番小屋にもどっていった。

そのやりとりが、のちに弥吉を窮地に陥（おとしい）れることになるのだが、むろん、この時点で弥吉は知るよしもなかった。

追手の三人の武士が関所を通りかかったのは、それから二刻半（五時間）後のことだった。関守から弥吉の名と行き先を聞き出した三人は、すぐさま旅の浪人者をかき集めて、探索に走らせた。昨夜、一ノ宮宿の旅籠『上総屋』に踏み込んだ四人の浪人も、三人の武士に雇われた手勢だったのである。

5

吉井宿からおよそ二里。

東の空にあった陽が、頭の真上にきていた。

伊三郎はあいかわらず一定の歩度を保ちながら、下仁田街道をひたすら東にむかって歩いていた。その後方を弥吉がつかず離れずついてくる。

前方に小さな木橋が見えた。鮎川橋である。橋を渡り、大畑村をすぎると、もう藤岡宿は目前である。

橋の東詰に「お休み処」の幟をはためかせた葦簀掛けの茶店が出ていた。

茶店の奥で、夫婦らしき中年の男女が所在なげに客を待っている。

伊三郎は足をとめて、茶店の前の床几に腰をおろし、焼き餅と茶を頼んだ。三度笠と道中合羽はつけたままである。そこへ後続の弥吉がやってきて、床几のすみに腰をすえた。さすがに気が引けるのか、伊三郎とはやや距離をおいている。

弥吉も伊三郎と同じ物を注文した。二人は一言も言葉をかわさず、運ばれてきた焼き餅を黙々と食った。しばらくして、

「伊三郎さん」

遠慮気味に弥吉が声をかけてきた。

「本庄宿に着いたら、中山道を南に下るとおっしゃっておりやしたが、その先はどちらにむかうおつもりなんで？」

「別にどこという当てはねえが……」

茶をすすりながら、伊三郎は遠くを見るような目つきで、

「あっしは冬という季節が苦手なんだ。上州の冬は寒いからな。豆州（伊豆）か

相州に足をむけようと思ってる」

「そうですか。あっしも一度だけ豆州に行ったことがありやすよ」

「物見遊山か」

「いえ、勢五郎親分の名代で、天城の勘蔵親分の還暦祝いを届けに行ったんです。伊三郎さんは勘蔵親分をご存じで？」

「ああ、二年ほど前に一宿一飯の恩義にあずかった。ふところが深くて、人情味のあるいいお貸元だった」

「帰りにあちこちを見てまわってきたんですがね。確かに伊豆はいいところでしたよ。温かくって、食い物がうまくて、それに温泉もふんだんにありやすからねえ」

いいながら弥吉は、腹の中で、

（お絹を身請けしたら、伊豆に移り住むのも悪くねえな）

と、つぶやいていた。そう思うとますますお絹への思慕がつのってくる。

「弥吉さん」

伊三郎が飲みほした茶碗をことりと床几の上におき、

「余計なお世話かもしれねえが、おめえさんはこの渡世にむいてねえ。早いとこ足を洗ったほうが身のためだぜ」

いいおいて立ち上がった。そのときである。ふいに足もとに影が差した。

「…………！」

弥吉の顔が凍りついた。

いつの間にか、茶店の前に四人の男が立ちはだかっていた。四人とも鉄紺色の半纏をまとい、黒襟の広袖に三尺帯、着流しに長脇差の落とし差しといったいでたちの、土地のやくざらしき男たちである。

「弥吉って渡世人は、どっちだい？」

下駄のように角張った顔の男が、剣呑な目つきで二人の顔を見くらべた。その刹那、

「逃げろ！」

叫ぶなり、伊三郎は腰の長脇差を鞘ごとぬいて、その男の脛を鞘の鉄鐺でしたたかに打ちのめした。「わッ」と悲鳴をあげて、男が転倒した。

その隙に、弥吉は合羽をひるがえして一目散に奔馳した。

「待ちゃがれ！」

三人の男がすかさず弥吉のあとを追った。足を打ちのめされた男が、片足を引

きずりながら立ち上がったときには、もう伊三郎の姿は消えていた。

「ち、ちくしょう。覚えてやがれ！」

地団駄踏む男を尻目に、伊三郎の姿は街道の彼方にみるみる小さくなっていった。


藤岡宿は、下仁田街道一の大きな宿場町である。

家数はおよそ千軒。町の周囲には広大な桑畑がひろがっている。

藤岡は上州絹の有数の産地でもあり、宿場通りの両側には繭や生糸、絹織物を商う大小の問屋が軒をつらねていた。江戸の大店・白木屋、越後屋なども出店をかまえている。そのせいか、あちこちで江戸弁が飛び交い、町を歩く旦那衆や内儀ふうの女たちもどことなく垢ぬけて見えた。

商家の店頭にならぶ品物も豊富だった。そうした品のほとんどは江戸からの下り荷で、高価な櫛やかんざし、紅、白粉などに若い娘たちが群がっていた。

しかし、そんな華やいだ町並みも、伊三郎にはまったく無縁のものだった。

先刻の四人の男たちは、おそらく藤岡一帯を縄張りに持つ貸元・伝兵衛一家の身内衆であろう。とすれば一刻も早く、この町から離れなければならない。

通行人の視線を避けるように、伊三郎は三度笠を目深にかぶり、足早に宿場通りをぬけた。七、八丁（約七百～八百メートル）も歩くと宿場の棒端（ぼうばな）（はずれ）に出る。人の流れもまばらになった。

（弥吉は無事に逃げおおせただろうか）

藤岡宿を出たところで、伊三郎はふとそんな不安に駆られた。

弥吉を追っているのは四人組の浪人者だけではなかった。土地のやくざ者もからんでいたのである。弥吉が何を仕出かしたのか皆目見当もつかないが、これほど大がかりな追尾網がしかれているとなると、よほどの事情があるにちがいない。

ひょっとすると「女に逢いに行く」というのは方便で、弥吉の旅には、ほかに何か別の目的があったのではないか。その目的を阻止するために、何者かが流れ者の浪人や土地のやくざ者を使って弥吉の行方を探しているのでは？

そう考えれば一応話のつじつまは合う。

だが、それですべての謎が解けたわけではない。弥吉の旅の目的とはいったい何なのか。そして、それを阻止しようとしている者たちの正体とは……？

謎はますます深まるばかりである。

藤岡宿から半里（約二キロ）も歩かぬうちに、周囲の景色が一変した。

小高い丘陵が波を打って幾重にもつらなり、裾野一帯には桑畑が広がっている。

前方に川が見えた。神流川である。小さな木橋が架かっている。この橋を渡って二里ほど行くと、中山道の本庄宿に着く。

橋の西詰にぽつんと一軒だけ、茅葺屋根の農家が立っていた。家の前の井戸端で、老いた農夫がこんにゃく芋を洗っている。

伊三郎は急に喉の渇きを覚え、農家の前で足をとめた。

「すまねえが、水を一杯飲ませてもらえねえかい」

「へい」

と、顔を上げた老農夫が、伊三郎の姿を見て思わず顔を引きつらせた。何かに怯えるように、眼窩の奥のくぼんだ目が激しく泳いでいる。

その瞬間――、

伊三郎の五感が異変を察知した。十二年の歳月、世間に背をむけて裏街道を歩いてきた男の、本能的な勘といっていい。とっさに体を反転させて、長脇差の柄に手をかけた。

それを見て、老農夫がはじけるように逃げ出した。

と同時に、物陰から五人の男がバラバラと飛び出してきて、伊三郎の前に立ちはだかった。いずれも揃い(そろ)の鉄紺色の半纏をまとい、手に手に長脇差を引っ下げている。

そのいでたちから見て、鮎川橋の茶店に押しかけてきた男たちの仲間、すなわち藤岡の伝兵衛一家の身内衆であることは明白だった。仲間の通報を受け、藤岡宿から近道を走って先回りしてきたのであろう。男たちは犬のように息を荒らげている。

「弥吉って野郎は、どこにいる？」

長身の男がいった。眉(まゆ)が薄く、庇(ひさし)のように額が突き出た異相の男である。名は源造(げんぞう)。伝兵衛一家の若者頭である。

「知りやせんね」

「おめえさんの連れじゃねえのかい」

「あっしに連れはおりやせんよ」

「とぼけるねえ！」

源造が声を荒らげた。

「おめえに邪魔立てされたおかげで、弥吉の野郎を逃がしちまったと、仲間がそういってるんだぜ」

「あっしの知ったことじゃございません」

「そうかい。あくまでも白を切るつもりなら仕方がねえ。おい！」

源造があごをしゃくった。それを合図に男たちがいっせいに長脇差を引きぬき、伊三郎を半円形に包囲した。伊三郎はゆっくり合羽の前を開いて、長脇差の鯉口を切った。

「いいか、殺すんじゃねえぞ。手捕りにするんだ」

「おう！」

雄叫びをあげながら、男たちが斬りかかってきた。

しゃ！

伊三郎の長脇差が一閃の銀光を放った。するどい金属音がひびき、両断された刀身が高々と宙に舞った。まっさきに斬り込んできた男の長脇差を、すくい上げるように下からはねあげたのだ。

右方から斬撃がきた。横に跳んでそれをかわすと、伊三郎は薙ぎあげた長脇差を、その男の鍔元めがけて叩き下ろした。一瞬、男は信じられぬような顔で自分の手を見た。右手の手首が長脇差をにぎったまま斬り落とされていた。左右に立っていた男たちが、それを見て思わず後ずさった。明らかに浮足立っている。

「ひるむんじゃねえ！」

檄を飛ばしながら、源造が物凄い形相で斬り込んできた。いったん浮足立った男たちも源造の気迫につられて、騎虎の勢いで斬りかかってきた。間合いも呼吸もない、捨て身の斬撃である。

乱闘になった。

男たちは闇雲に長脇差を振りまわしながら、猛然と突進してくる。

刃と刃が激しく咬み合い、火花が飛び散った。

間断なく突き出される切っ先を、右に左にかわしながら、伊三郎は一瞬の隙を見てくるりと身をひるがえした。闘いが長引けば、助勢の仲間が駆けつけてくるにちがいない。逃げるならいまだ。伊三郎は一散に走った。

「待ちやがれ」

源造たちが追ってくる。伊三郎は道中合羽をひるがえし、神流川の木橋にむかって一目散に走った。橋を渡りかけた旅人たちが、何事かと足をとめて振り返った。

「喧嘩だ、喧嘩だ」

小さく叫びながら、旅人たちが左右に道をあけた。その間を走りぬけようとした瞬間、伊三郎の足が釘を打たれたようにはたと止まった。

橋の東詰に、喧嘩支度の男たちが横一列にずらりと立ち並んでいる。

総勢十人。中央に色あせた黒の羽二重に朽葉色の袴をはいた浪人者が立っていた。鏑川の渡し舟に乗っていた浪人である。塗笠はかぶっていなかった。吊り上がった両眼、鷲のように尖った鼻梁、唇が薄く、右頬に五寸ほどの刀疵がある。

愕然と立ちすくむ伊三郎の背後で、源造のせせら笑う声が聞こえた。

「ふふふ、もう逃げられねえぜ」

第二章　逃れ旅

1

バシッ、バシッ、バシッ……。

むき出しになった伊三郎の背中に、容赦なく割れ竹の笞が飛ぶ。打たれるたびに皮膚が裂け、血しぶきが飛び散った。激しい打擲は間断なくつづいた。激痛のために、伊三郎は何度か気を失った。そのたびに頭から冷水を浴びせられ、またた打ちすえられた。

割れ竹を振るっているのは、若者頭の源造である。

伊三郎は上半身裸にされ、荒縄でうしろ手にしばられて土間に座らされている。そのまわりを三人の若い者が取り囲んでいる。伝兵衛一家の裏庭の土蔵の中だった。

「さ、吐きやがれ！　弥吉はどこにいる！」

わめきながら、源造が力まかせに割れ竹を打ちつづける。飛び散った血で、伊三郎の顔は赤鬼のように真っ赤に染まっている。

「吐け！　吐かねえか！」

伊三郎がかすかに首を振った。両眼の瞼（まぶた）が無残に腫（は）れあがり、目はほとんど見えていない。口の端からも血がしたたり落ちている。

「――何度聞かれても、……知らねえものは知らねえ」

「しぶとい野郎だ」

さすがに打ち疲れたのか、源造は手をとめて、肩で大きく息をついた。

「兄貴、代わりやしょうか」

声をかけたのは、鮎川橋のたもとの茶店で、伊三郎に長脇差の鞘の鐺（こじり）で向こう脛（ずね）をしたたかに打ちのめされた、下駄のように角張った顔の男だった。名は、卯（う）之助（のすけ）という。

「ああ」

とうなずいて、源造が卯之助に割れ竹を手渡した。

「さっきの借りを、たっぷり返してやるぜ」

卯之助は残忍な笑みを浮かべて割れ竹を振りあげ、

「伝兵衛一家をなめるんじゃねえ！」

獰猛(どうもう)に吠えながら、すさまじい勢いで割れ竹を振り下ろした。ささくれ立った割れ竹が伊三郎の肩の皮膚を引き裂き、肉がめくれて鮮血がしぶいた。

バシッ、バシッ、バシッ……。

息つく間もない連打である。

伊三郎は口を真一文字(まいちもんじ)に引きむすんで耐えている。いや、耐えるというより、全身が麻痺(まひ)して痛みすら感じなくなっていたのだ。しだいに意識が薄れてゆく。

「おい、水をかけろ」

「へい」

若い者が水桶(みずおけ)を持ってきて、伊三郎の頭に冷水を浴びせた。ぴくんと体が反応する。それを見て、卯之助がふたたび割れ竹を打ち下ろそうとしたときである。

「もうそのへんでやめておけ」

土間のすみの空き樽(あきだる)に座って、さっきから折檻(せっかん)の様子を黙って見ていた男が、のっそりと立ち上がった。先刻、神流川の橋のたもとで伊三郎を待ち伏せしていた、右の頰（ほお）に刀疵（かたなきず）のある浪人である。

「殺してしまったら、元も子もないぞ」

「へえ」

卯之助は手をとめて、ちらりと源造の顔を瞥見（べっけん）した。

「坂部（さかべ）先生がそうおっしゃるなら……」

やや不満そうな顔で、源造がうなずいた。

坂部と呼ばれたその浪人は、気絶している伊三郎の背後にまわり、背中の〝九紋竜〟の刺青（いれずみ）に目をやった。血にまみれたその刺青は、凄愴（せいそう）の一語につきた。九匹の青竜が血を吐きながら、あがき苦しんでいる。そんな図柄に見えた。

「九紋竜の伊三郎か……」

浪人が低くつぶやいた。

「さすがに性根（しょうね）の据（す）わった男だ」

「先生、この野郎をご存じなんで？」

源造がけげんそうに訊いた。

「会ったのは今日がはじめてだ。半年ほど前に武州（ぶしゅう）熊谷（くまがや）宿で、この男のうわさを聞いたことがある」

「へえ。それほど名の売れた渡世人なんですかい」

意外そうな顔で、源造はあらためて伊三郎を見下ろした。

「そうおいそれと口を割るような男ではない。今日のところはそのへんでやめておけ」

いいおいて、浪人は土蔵を出ていった。

土蔵のわきの小径をぬけて、浪人が母屋の勝手口の前にさしかかったとき、いきなり戸が開いて、中から若い者が飛び出してきた。

「あ、先生、親分が呼んでやす」

「貸元が？　何の用だ」

「お客人がお見えです。どうぞ」

と若い者が浪人を中に招じ入れた。

その男の案内で、浪人は奥の客間に通された。

八畳ほどの部屋である。そこに四人の男が座っていた。一人は見るからにしたたかな面がまえをした五十四、五の男。――貸元の伝兵衛である。対座している旅装の三人の武士は、弥吉を追っていたあの三人だった。

「先生、お引き合わせいたしやしょう」

伝兵衛が三人の武士を紹介した。

越後長岡藩・横目頭・西尾甚内。

配下の横目・川浪軍次郎。

同役・大場外記。

いずれも目つきのするどい、狷介な面立ちをした三十年配の武士である。

ちなみに「横目」とは、元来、戦国大名家の職制の一つで、陣中の勤怠を監察し、敵の動静を探るスパイのような存在だったが、江戸時代になって、諸藩では家中の取り締まりや、藩士たちの非違を監察するために「横目」をおいた。いわば秘密警察のようなものである。

浪人は三人の前に手をついて、慇懃に頭を下げた。

「手前は遠州浪人、坂部重四郎と申すもの。以後お見知りおきを」

「ところで先生、あの渡世人、吐きやしたか?」

伝兵衛が訊いた。

「いや」

と浪人はかぶりを振って、

「強情(ごうじょう)な男でな、知らぬ存ぜぬの一点張りだ」

「弱りましたな。お三方はお急ぎだそうなんで」

困惑げに眉宇(びう)をよせる伝兵衛を見て、

「なに、一日二日急ぐ話ではない」

西尾甚内が茶をすすりながらいった。何やら心算(しんさん)があるらしく、顔には余裕の笑みすら浮かんでいる。

「それより貸元、探索の手をもう少し広げてもらえぬか」

「広げる、と申しやすと？」

「弥吉と申す渡世人の行き先は、中山道の倉賀野宿。……できれば、そのあたりまで探索の手を延ばしてもらいたいのだが」

「倉賀野宿？」

「西牧の関所で調べてきたのだ。間違いあるまい」

これは川浪軍次郎である。

「わかりやした。おやすい御用でございます」

伝兵衛が自信ありげに、にやりと嗤(わら)ってみせた。この男は、ふつうの顔よりむしろ笑った顔に凄味(すごみ)がある。笑うと目が吊り上がり、薄い唇の両端から、するどい犬歯がのぞくためである。さながら夜叉(やしゃ)のような相貌(そうぼう)だった。

四、五年前まで、伝兵衛は西上州一帯の貸元衆を相手に、血で血を洗う熾烈(しれつ)な抗争をくりひろげていた。各宿場や村々で催される六斎市、絹市、高市(たかまち)（寺社の縁日・祭礼）などの縄張りをめぐる争いである。

泥沼の抗争は二年ほどつづいた。

当時、伝兵衛は五十人の子分をかかえる、西上州一の貸元だった。

その圧倒的な勢力に物をいわせて、藤岡周辺の弱小の博徒一家をつぎつぎに傘下におさめ、ついには下仁田街道の宿場のすべてと、中山道・本庄宿から倉賀野宿にいたる縄張りのほとんどを支配下においたのである。

現在、中山道・倉賀野宿の縄張りは、唐五郎(とうごろう)という貸元が仕切っている。長い抗争の末に先代の治兵衛(じへえ)を倒したあと、その後釜(あとがま)として伝兵衛が送り込んだ男である。

その唐五郎に探索の手くばりを頼めば、渡世人の一人や二人、探し出すのは、まさに「おやすい御用」なのだ。

「さっそく若い者を倉賀野に走らせやしょう」

そういって、伝兵衛はまたニヤリと嗤った。

そのころ……。

弥吉は鮎川橋から二里（約八キロ）ほど離れた山中をさまよい歩いていた。

杉や松、檜、一位などの針葉樹が密生する薄暗い山林である。

追手を振り切ってこの山に分け入ってから、一刻（二時間）あまりがたっていた。

おおいかぶさるような蔦葛をかき分けながら、弥吉は懸命に歩きつづけた。

疲労と空腹で体が鉛を飲み込んだように重い。北をさして一里半（約六キロ）も行けば、中山道の新町宿に出るはずなのだが、歩けども歩けども人家はおろか、間道さえ見つからなかった。

弥吉は足をとめて、恨めしげに空を仰ぎ見た。

四半刻（三十分）ほど前まで、雲ひとつなく晴れていた空が、いまは灰色の分厚い雲におおわれている。陽差しが閉ざされたために、方角もわからない。どうやら道に迷ったようだ。

（日が暮れるまでに山を下りなければ……）

弥吉の胸に不安と焦燥がこみ上げてきた。

山の中で野宿するのは危険である。先夜は、たまたま炭焼き小屋が見つかったので寒さをしのぐことができたが、もしあの小屋が見つからなかったら、凍死していたかもしれない。それほど厳しい寒さだった。

だが、その寒さよりもっと恐ろしい敵が山の中にはいる。熊である。冬眠を目前にした熊は、この時季、餌を求めてひんぱんに里山に出没する。腹を空かした熊はきわめて凶暴で攻撃的だ。百姓育ちの弥吉は、その危険性を身にしみて知っている。

三年前の初冬、野良仕事に出ていた父親の茂兵衛が、熊に襲われて背中に大怪我を負うという事件が起きた。それが原因で父親は背骨を傷め、寝たきりになってしまった。

働き手を失った一家は、たちまち貧困のどん底に突き落とされた。

弥吉の一家は父母と三男二女の七人暮らしだった。父親の跡を二人の兄がつぎ、三男の弥吉は口べらしのために小諸の勢五郎一家にあずけられた。

弥吉にとって、それはまさに青天のへきれきだった。博徒一家に修業に出されるということは、身の転落を意味した。いわば熊が弥吉の人生を変えたようなものである。

2

風が立ちはじめた。

杉の木がざわざわと揺れている。身を切るような冷たい風である。

さらに歩くこと小半刻。急に前方の視界が開けて、山間（やまあい）の沢に出た。

渓（たに）のあいだを、一段と冷たい風が吹きぬけてゆく。

陽の位置はわからないが、空の昏（くら）さから推測すると、八ツ半（午後三時）はとうにすぎているようだ。四辺には靄（もや）がかかったように薄い闇がたゆたっている。

弥吉は岩場にかがみ込むと、沢の水をたっぷり飲んで空腹を満たし、重い足を引きずりながら、沢づたいにゆっくり歩きはじめた。

五丁（約五百五十メートル）ばかり歩くと、沢の流れがぷつりと途切れ、轟々（ごうごう）たる水音が聞こえてきた。その先は高さ四丈（約十二メートル）ほどの滝になっていた。

弥吉の進路もそこで途切れた。

やむなく滝の手前の切り立った崖（がけ）をよじ登り、ふたたび山の中へ足を踏み入れた。先刻よりやや視界が明るんできたのは、その山が樫や櫟、欅といった落葉樹の山林だったためである。弥吉の足がふと止まった。

葉を落として裸になった木々の梢のむこうに、茜色に染まった雲が見えた。

「あっちが西か……」

つぶやきながら、弥吉はふっと安堵の吐息をついた。ようやく自分の進むべき方角がわかったのである。そして何よりも、空が明るんできたことが弥吉の心を軽くした。

そのときだった。

突然、前方の灌木がざざっと揺らぎ、左右に割れた茂みのあいだから、黒い塊が怒濤の勢いで飛び出してきた。

「あっ！」

弥吉の背筋に戦慄が走り、全身の血が凍りついた。黒い塊と見えたのは、熊だった。それも体長五尺三寸（約百六十センチ）はあろうかという、巨大な月の輪熊である。

足がすくんで、弥吉は動けなかった。

もっとも恐れていた熊との遭遇。その不運は、弥吉がこの山に足を踏み入れたときからすでにはじまっていたのである。なぜなら、この落葉樹の山林は、月の輪熊が好んで餌にする椎の実や樫の実の宝庫であり、地元の杣人さえ足を踏み入れたことのない危険地帯だったからである。

熊は五、六間（約九〜十メートル）の距離に迫っていた。地ひびきを立てて、一直線に突進してくる。逃げる間もない勢いであり、速さだった。弥吉はとっさに長脇差を引き抜いて身がまえた。

ガオォーッ！

熊が獰猛な吼え声を発した。牙を剝き、地を蹴って躍りかかってくる。黒光りする爪が、弥吉の頭上を襲った。

間一髪、横っ跳びにかわすと、弥吉は思い切り長脇差を熊の背中に叩きつけた。柄をにぎる手がしびれるほどの手応えがあった。岩のように盛り上がった熊の背中から、音を立ててどす黒い血が飛び散った。けだもの特有の生臭い臭いが鼻をつく。

ドサッ。

熊が前のめりに突っ伏した。が、すぐに起き上がり、その巨体からは想像もつかぬほど敏捷な動きで、なおも弥吉にむかって突進してきた。弥吉は長脇差の柄を諸手でにぎり、無我夢中で切っ先を突き出した。

その瞬間、何が起きたのか、弥吉は憶えていない。

熊の巨体が眼前に迫ったかと思うと、突然視界がふさがれ、目の前が真っ暗になった。同時に胸と背中に強烈な圧迫を受け、弥吉は仰向けに倒れ込んだまま気を失った。

どれほどの時がすぎただろうか。

気がつくと、四辺は闇につつまれていた。

木々の梢のあいだから、ほのかな星明かりが差し込んでいる。

草むらに仰臥したまま、目だけを動かして、弥吉は自分の右腕を見た。長脇差が真っ二つに折れていた。おそらく折れた刀身の一方は、熊の胸に刺さったのだろう。

上体を起こそうとした瞬間、全身に激痛が走った。

おそるおそる胸のあたりに手をやってみた。道中合羽がずたずたに裂けている。指先に何やら生温かい、ヌメッとしたものが付着した。よく見ると、それは血まみれの肉片だった。熊と激突したときに、鉄鉤のような爪で胸板を引き裂かれたのである。

弥吉は歯を食いしばって立ち上がった。とたんに足がもつれた。股引き(ももひ)もずたずたに引き裂かれている。右太股(ふともも)のあたりから血が流れていた。

だが、怪我のことよりも、弥吉は振り分け荷物が気になった。あわてて周囲を見まわすと、二間（約四メートル）ばかり離れた枯れ草の上に落ちていた。それを拾いあげて肩にかけ、木の枝を杖(つえ)代わりにしてよろめくように歩き出した。

三度笠も道中合羽も、もはや原形をとどめていなかった。ただの藁(わら)くずを頭にのせ、短冊(たんざく)形に引き裂いたボロ布をまとっているようなものだった。まるで蓑虫(みのむし)である。悲惨というより、むしろ滑稽(こっけい)といっていい姿だった。

闇に領された落葉樹の山林を、半刻（一時間）ほどさまよい歩いているうちに、下りの間道(かんどう)に出た。どうやらこれが藤岡宿から中山道の新町宿に通じる道らしい。

急に弥吉の足から力がぬけた。

気がゆるんだわけではなく、右太股の出血が足の力を失わせたのである。

弥吉は、糸の切れた傀儡(くぐつ)のようにへなへなと座り込むと、振り分け荷物の小行李の中から手拭いを取り出して細く引き裂き、それを右太股に巻きつけて固くむすんだ。

ほどなく出血は落ち着いた。

杖代わりの木の枝で体を支え、弥吉はふたたび歩を踏み出した。

ゆるい勾配の間道は、九十九折に曲がりくねりながら、山裾へとつづいている。

疲労と空腹と怪我の痛みで、弥吉は何度か気を失いかけた。追い打ちをかけるように寒さと睡魔が襲ってくる。

弥吉は気力をふりしぼって歩きつづけた。

こんな人里離れた山の中で、こんな惨めな姿のまま、野垂れ死にするわけにはいかなかった。何としても〝あの包み〟を松崎数馬という侍に届けなければならない。包みを届ければ五十両の礼金がもらえるのだ。その金でお絹を身請けしたら、伊豆の網代あたりに移り住もうかと、弥吉は考えていた。

黄金色に耀く陽光。

紺碧の大海原。

さんざめく潮騒。

白砂青松。

童(わらべ)のように波と戯(たわむ)れる弥吉とお絹。

――そんな夢のような光景が、弥吉の脳裏に去来した。だが、それは決して夢ではなかった。手を伸ばせば、すぐ届くところにその現実はあるのだ。

(死んでたまるか)

おのれを叱咤(しった)するように、弥吉は胸の中で同じ言葉を何度もつぶやきながら、黙々と歩きつづけた。激しい出血で体力は限界に達していた。だが、ここで休息をとったら、そのまま死んでしまうような気がした。とにかく歩きつづけなければならない。

いつの間にか星明かりが消えて、盆のように丸い月が夜空に浮かんでいた。乾いた道に、青白い月明かりが冴(さ)えざえと降りそそいでいる。

四半刻(三十分)ほど歩くと、ゆるい下り坂が平坦(へいたん)な道に変わった。と同時に、前方の闇が豁然(かつぜん)と開けて、視界いっぱいに白い空間が広がった。

銀色の穂を一面にしきつめた広大な芒(すすき)の原である。

その芒の原の真ん中に、浮島のようにこんもりと繁(しげ)る森が見えた。弥吉は思わず瞠目(どうもく)した。森の中から一条の煙が立ちのぼっているではないか。弥吉は最後の気力をふりしぼって泳ぐように芒の原を渡った。

近づいて見ると、森というより、単なる杉の叢林にすぎなかった。そこだけがやや土地が高くなっているので森のように見えたのだ。その杉林の奥に小さな陋屋が立っていた。板葺の屋根はところどころ腐れ落ち、壁の羽目板もはがれ落ちて、家全体がいまにもひしげそうにかたむいている。

とても人が住めるような家には見えなかったが、しかし無人ではなかった。羽目板の隙間からほのかな明かりが洩れているし、細い煙も立ちのぼっている。廃屋同然のこの家の中に、人がいることだけは確かだった。

戸口に歩み寄って板戸を叩いてみた。……が、応答はない。

「夜分恐れいりやす」

戸を叩きながら、弥吉は中に声をかけた。しばらくして、

「どなたさまでしょうか」

意外にも女の声が返ってきた。声がかすかに震えている。めったに人が通ることもないこんな辺鄙な片田舎で、しかもこんな夜中にいきなり声をかけられたら、誰だって警戒心をいだくだろう。ましてや、相手は女である。声が震えるのも無理はなかった。

「旅の者で、弥吉と申しやす」

一拍の間があった。

「どんな御用件でしょうか」

「怪我をして難儀をしておりやす。土間の片すみなりとも、一夜の宿りをお願いしてえと思いやして」

「………」

女の声が途切れた。いくばくかの沈黙に、女のためらう様子がうかがえた。ややあってコトリと物音がした。板戸の心張棒をはずす音である。板戸がわずかに開いて、その隙間から女の目がのぞいた。

「ご迷惑とは存じますが、なにとぞ……」

いい終わらぬうちに、ガラリと板戸が引き開けられた。弥吉が突んのめるように中に入ると、その姿を見て、

「まァ」

女が小さな声をあげた。

歳のころは二十一、二だろうか。髪を長く伸ばし、うしろで束ねている。黒襟の地味な着物をまとっているが、百姓の娘にしては色が抜けるように白く、目鼻立ちのととのった美人である。

「どうなさったんですか、その怪我は？」

「山の中で、熊に襲われやしてね」

「それはお気の毒に……。さ、どうぞ、お上がりください」

土間の奥に八畳ほどの板敷きの部屋があり、中央に囲炉裏が切ってあった。その囲炉裏の中で、赤々と榾火がゆらいでいる。

「遠慮なく暖をとらせていただきやす」

弥吉は草鞋をぬいで板敷きにあがり、くずれるように囲炉裏の前に腰をおろした。

女が土間の水甕の水で手拭いをしぼって持ってきた。

「どうぞ、これで体の血をお拭きくださいまし」

「申しわけありやせん」

受け取って襟元をひらき、胸にこびりついた血を拭き取る。胸から腹にかけて無数の裂傷が走っていたが、太股の傷以外はどの傷も思いのほか浅く、血はすでにとまっていた。

「おかげで助かりやした。失礼ですが、姉さんの名は？」

博徒の世界では、女を「姉さん」と呼ぶのが最大級の敬称である。つい、そのくせが出てしまった。

「篠と申します」

「土地の人ですかい？」

「いいえ、わたくしも旅の者です」

「ひとり旅？」

「え……、ええ」

一瞬、女の目が泳いだ。

「下仁田の親類の家をたずねての帰りです」

「郷里はどちらで？」

「東海道の鳴海宿です」

「へえ。鳴海から上州の下仁田までひとり旅を……」

弥吉は感心するようにいったが、江戸時代も末期になると、女のひとり旅はさほどめずらしいことではなかった。

一例を挙げれば、天保十三年（一八四二）、下総大谷口村の津義女なる女が、秩父札所に詣でたあと妙義山へ参り、中小坂、根小屋、初鳥谷・小諸をへて、善光寺に参拝した、と記録（『秩父道中覚』）にある。

「何しろ、このあたりの土地には不慣れなものですから、道に迷ってしまったのです」

お篠と名乗った女は、そういって屈託のない笑みを浮かべた。

「なるほど」

それで弥吉も得心がいった。お篠は道に迷ったすえに、この廃屋を見つけて仮の宿としたのである。部屋のすみには、女物の菅笠や白木綿の手甲脚絆、風呂敷につつんだ手行李などがおいてあった。

「よろしければ、これをどうぞ」

お篠が竹で編んだ弁当箱を差し出した。中には夕食の残りのにぎりめしが一個入っていた。

「いただいていいんですかい？」

「ええ、残り物で申しわけありませんけど」

「じゃ、遠慮なく」

押しいただくように受け取って、弥吉はむさぼるようににぎりめしを食った。

考えてみれば、昼少し前に鮎川橋のたもとの茶店で、焼き餅を二個食っただけで、その後は何も腹に入れていない。あっという間に、にぎりめしを平らげると、弥吉は人心地ついたように大きく吐息をついた。

「弥吉さん、とおっしゃいましたね」

囲炉裏に榾木をくべながら、お篠が訊いた。

「へい」

「どちらへ行かれるのですか」

「中山道の倉賀野宿です」

「じゃ、新町宿まで一緒ですね」

新町宿は、倉賀野宿と本庄宿のちょうど中間にある。その新町宿まで同道しようと、お篠はいっているのである。

「もし、ご迷惑でなければ……」

「迷惑なんて、とんでもございません。こんな怪我人でよかったら、よろこんでお供させてもらいやす」

お篠がにっこり微笑った。まるで実の姉のように慈愛に満ちた笑みである。

「お疲れのようですから、もうお休みになったほうがよろしいのでは」

「へい。お言葉に甘えて、横にならせていただきやす」

そういうと、弥吉は囲炉裏のわきにごろりと横になった。とたんに軽いいびき、をかきはじめた。

3

「おい、起きやがれ！」

闇の中で、突然、怒声がひびいた。

土蔵の土間に横臥して、深い眠りについていた伊三郎は、その声で目を覚ました。

目の前に源造が立ちはだかっている。右手に長脇差の抜き身を引っ下げていた。

「どうしても口を割らねえというなら……」

源造が口もとに酷薄な笑みをにじませて、

「もうおめえには用がねえ。死んでもらうぜ」

いきなり長脇差を振り上げた。伊三郎は必死に逃れようとしたが、両手をしばられているので体の自由がきかない。

「ふふふ、どうあがいたって逃げられやしねえのさ」

源造が鼻でせせら笑った。伊三郎は観念するように目を閉じた。

「くたばれ！」

叫ぶなり、源造が叩きつけるように長脇差を振り下ろした。

がっ、と鈍い音がして、あたり一面に鮮血が飛び散った。と同時に、切断された伊三郎の首がごろんと土間にころがった。

転瞬……。

伊三郎はガバッとはね起きて周囲を見まわした。視界は漆黒の闇に領されている。

（生きている）

しかし、なぜ生きているのか、自分でもさっぱりわけがわからなかった。源造の姿も一瞬裡に消えていた。周囲は物音ひとつしない無間の闇。その深い闇の底に、自分だけが取り残されている。そんな奇妙な感覚だった。

（冥土へきてしまったか）

とも思ったが……、混濁した意識が覚醒するにつれて、ようやく自分のおかれた状況が見えてきた。夢を見ていたのである。

ほっと安堵の吐息をついて、伊三郎はふたたび土間に体を横たえた。額に玉のような脂汗（あぶらあせ）が浮いている。上半身は裸のままで、両手はうしろ手にしばられていた。

土間の下から底冷えするような寒気がわいてくる。だが、伊三郎はその寒さを感じなかった。激しい折檻で体が腫れあがり、全身に熱を帯びているせいであろう。

しだいに闇に目が慣れてきた。

土蔵の天窓からほのかな月明かりが差し込んでいる。その月明かりの角度から時刻を読んだ。子（ね）の刻（午前零時）は、とうにすぎているようだった。

伊三郎は、ふと不吉な予感にとらわれた。

夜が明けたら、あの夢と同じことが現実に起こるかもしれない。いや、起こるにちがいなかった。頑強（がんきょう）に口を閉ざす伊三郎を、伝兵衛一家がこれ以上生かしておくわけはなかった。生かしておかなければならない理由も何もない。

あの夢は、夜明けとともに、わが身に起こる厄災（やくさい）を暗喩（あんゆ）していたのだろう。

そう思いながら、伊三郎は静かに瞼を閉じた。

死ぬことは、別に怖くなかった。渡世人は、生きるために旅をしているのではない。死に向かって旅をしているようなものである。明日がどうなろうと知ったたことではなかった。旅の途中で病に冒されて野垂れ死にするのも、他人に斬られて死ぬのも同じことであった。それが渡世人の末路であり、運命といえた。この十二年間、伊三郎も数えきれないほどの人間を斬ってきた。今度は自分が斬られる番になっただけの話である。

――因果応報。

伊三郎の死生観は、まさにその一語につきた。

浅い微睡の中で、伊三郎は忍びやかな足音を聞いた。そっと目を開けて気配をうかがっていると、足音は土蔵の戸口の前ではたと止まった。

ギイときしみ音を立てて、分厚い塗籠戸が開き、戸口にほのかな明かりが散った。

伊三郎は身じろぎもせず、息をつめて様子をうかがっている。

手燭を持った影が、足音をしのばせて入ってきた。一歩一歩、影が近づいてくる。手燭の明かりに浮かびあがったその影は、右の頰に刀疵のある浪人・坂部重四郎だった。

伊三郎の顔が硬直した。坂部が刀を抜き放ったのである。

坂部は物もいわず、横臥している伊三郎の背後にまわり、やおら刀を振りあげた。思わず伊三郎は目をつぶった。刃うなりがして、ブツッと何かが切れる音がした。奇妙なことに痛みはまったく感じなかった。伊三郎はけげんに目を開けて、坂部を見た。

「立て」

坂部が低くいった。伊三郎は両手を動かした。しばられた手が自由に動く。坂部がいましめを断ち切ったのだ。

「なぜ、あっしを……？」

何よりも先にその疑問がよぎった。

「理由（わけ）はあとでゆっくり話す。急いで支度をしろ」

うながされるまま、伊三郎はよろめくように立ち上がり、ぬがされた着物をたくしあげて袖に腕を通した。

土間のすみに伊三郎の三度笠と引廻しの合羽、黒鞘の長脇差、振り分け荷物が無造作に積み重ねてあった。手早くそれを身につけると、戸口に立っている坂部に、

「ご浪人さんは、どうなさるんで？」

小声で訊いた。

「わしも一緒に逃げる。さ、行くぞ」

あごをしゃくって、坂部が身をひるがえした。すかさず伊三郎もそのあとについた。

土蔵の裏の植え込みのあいだをぬって、二人は裏木戸に走った。

坂部が裏木戸のかんぬきをはずし、外に飛び出した。それを追って、伊三郎も木戸をくぐり抜ける。二人は路地から路地へ、闇から闇へと猫のように背をかがめて走った。

ほどなく街道に出た。

月明かりが皓々（こうこう）と街道を照らし出している。

神流川の木橋をわたり、長浜（ながはま）村にさしかかったところで、先を行く坂部が足をゆるめて背後を振り返った。三度笠をかぶった伊三郎が、肩を左右に振って跛行（はこう）しながら必死についてくる。

「大丈夫か」

坂部が声をかけた。

「へい」

と応えたものの、歩を踏み出すたびに背骨がぎしぎしときしみ、体のあちこちに鈍痛が走った。

「無理をするな。ここまでくればもう安心だ」

「ご浪人さんは、伝兵衛一家の客人じゃなかったんですかい？」

「昨日(きのう)、雇われたばかりだ。二両の金でな」

「あっしを助けてくださった理由(わけ)というのは……？」

「もっとよい金儲けを思いついたからだ」

「金儲け？」

「弥吉と申す渡世人の行方を探し出せば、二百両や三百両の金になるのだ」

「それは……、いったいどういうことなんだ？」

「わしが手に入れた情報によると……」

そう前置きして坂部が語ったのは、昨日の昼間、越後長岡藩の横目頭・西尾甚内から聞いた話だった。それによると、目下長岡藩の内部では、藩政の主導権をめぐって筆頭家老・安藤主膳(あんどうしゅぜん)と次席家老・塚田六郎左衛門(つかだろくろうざえもん)とのあいだで、熾烈(しれつ)な政争がくり広げられているという。

安藤主膳の長年にわたる放漫政治に、改革派を標榜(ひょうぼう)する塚田六郎左衛門が異議を申し立てたことに端を発した政争だったが、現下の情勢は少数派の塚田にとって圧倒的に不利であった。

そんなある日、塚田派に形勢逆転の好機がおとずれた。塚田の麾下の勘定方役人が安藤主膳の不正を裏付ける書類を発見したのである。さっそく塚田はその書類を配下の三名の藩士に託し、在府の藩主・牧野忠雅に上訴するために江戸へ向かわせた。

それに気づいた安藤主膳は、横目頭・西尾甚内と配下の横目・川浪軍次郎、大場外記の三名に追尾の密命を下したのである。

十日後に西尾たちは、信州和美峠で三名の藩士に追いついた。

「書類を渡せ」「渡せぬ」の押し問答のすえ、激しい斬り合いになった。

その斬り合いで藩士二名があえなく命を落とした。一人を逃がすために、二人がみずから捨て石になったのである。

危機を脱した藩士は、かなりの深傷を負いながら、和美峠の山林に逃げ込んだ。その藩士こそが、じつは弥吉に桐油紙の包みを託した武士――荒木文之進だったのである。

「つまり」

と坂部があごの不精ひげをぞろりと撫でながら、

「わしのいう金儲けとは、弥吉からその包みを奪い取り、どちらか高値をつけたほうにそれを売り渡すという寸法だ。安藤派が二百両を出すといえば、塚田派は三百出すというであろう」

　そうやって両者を天秤にかけ、十両、二十両と値を吊り上げていけば、確かに途方もない大金が手に入るかもしれない。その話を聞いて、伊三郎は、

（ひょっとしたら……）

と別のことを考えた。弥吉も金が目当てではなかったのだろうか。でなければ、見知らぬ武士に託された書類を命がけで固守する道理はない。江戸定府の塚田派の藩士にその書類を届ければ、なにがしかの礼金がもらえるにちがいない。弥吉は、その金でお絹を身請けする肚なのだろう。そう考えれば何もかも平仄が合う。

「ところで伊三郎」

　先を行く坂部が首を回して振り返った。

「おまえ、本当に弥吉の居所を知らんのか」

「あいにくですが、あっしは本当に知らねえんで」

「そうか」

　やや落胆するように坂部は目を伏せたが、すぐに気を取り直して、

「わしは弥吉と申す男の顔を知らぬ。それゆえ、ぜひともおまえの手を借りたいのだ」

「………」

　伊三郎が返事をためらっていると、すかさず坂部が、

「いやとはいわせんぞ」

　ビシッと突き刺すようにいった。

「わしはおまえの命の恩人だからな。その恩に報いるのが渡世人の分というものであろう」

「断るとは、まだ一言もいっておりやせんよ」

「領諾したともいっておらんぞ」

「わかりやした。弥吉が見つかるまではお付き合いいたしやしょう。けど、そのあとは……」

　といいさすのへ、

「思いのほか早かったな」

ぼそりとつぶやくように、坂部がいった。

「何のことですかい？」

「追手だ」

足を止めて、坂部が振り返った。四つの黒影がこっちに向かってまっしぐらに突っ走ってくる。伝兵衛一家の身内衆であることは疑うまでもなかった。伊三郎が長脇差の柄に手をかけようとすると、

「わしにまかせておけ」

と制して、坂部は刀を抜き放った。

四つの黒影が五間（約九メートル）ほどの距離に迫っていた。月明かりに照らし出されたその影は、伝兵衛一家の若者頭・源造と三人の子分たちだった。

「痩せ浪人め、よくも裏切ってくれたな！」

源造が吼えた。坂部の削げた頰に薄い笑みがにじんだ。

「わしは日傭とりの用心棒だ。日当に見合うだけの働きはしたつもりだぞ」

「ふざけたことをぬかすんじゃねえ。おい、かまわねえから殺っちまえ！」

三人の子分が長脇差を振りかざして突進してきた。坂部は刀を下段にかまえ、街道の真ん中に立ちふさがった。

「死ね！」

一人がむしゃらに斬り込んできた。と見た瞬間、坂部の右手の刀が、青白い月明かりを受けて一閃した。男は悲鳴をあげてのけぞった。男の喉元からあごにかけて裂け目が走り、音を立てて血が噴き出した。瞬息の逆袈裟であった。

男が倒れるのを待たず、坂部は二人目の男を、今度は袈裟がけに斬り伏せた。

横合いから三人目の斬撃がきた。数歩、跳び下がって切っ先をかわすと、坂部は膝を折って体を沈め、逆手ににぎった刀を横に払った。

「わッ」

叫び声とともに、男の体が異様にねじれた。右足が膝の下で切断されていた。切られた足は二間ばかり後方にころがっている。よろけながらも、男はかろうじて左足だけで立っていた。まるで案山子だった。

ぐらっと男の上体がゆらいだ。体の均衡を失った男は、片足でピョンピョンと跳びはねながら、街道わきの田圃に頭からころげ落ちていった。

「ち、ちくしょう！」

源造の顔から血の気が引いた。長脇差を中段にかまえてじりじりと後ずさった。

坂部が右手に持った刀を水平に突き出して、一歩一歩間合いをつめてゆく。両者の距離が二間ほどに迫ったときだった。

「ご浪人さん」

伊三郎が坂部の背後に歩み寄った。

「そいつは、あっしに斬らせておくんなさい」

「よかろう」

うなずくと、坂部は右に寄って、伊三郎に道を空けてやった。

「おめえさんには、たっぷり可愛がってもらったからな」

ドスの利いた低い声で、伊三郎が三度笠の奥からそういった。引廻しの合羽は、胸の前で固く合わされている。

「礼をさせてもらうぜ」

「聞いたふうな口を叩くんじゃねえ。死ぬのはてめえのほうだ！」

わめきながら、源造が一直線に突きかかってきた。その刹那、

バッ。

と伊三郎の合羽がひるがえったかと思うと、抜きつけの一刀が金属音を発して源造の長脇差をはね上げ、返す刀で拝み打ちに源造の頭頂を叩き割っていた。

ガツン、と頭蓋が砕けて、鮮血とともに白い脳漿があたり一面に飛び散った。源造の体が大きく前に突んのめり、朽木のように音を立てて倒れ伏した。

伊三郎は刀身の血ぶりをして鞘におさめると、左右に開いた合羽を前で合わせ、ゆっくり背後を振り向いた。

「さすがだな。九紋竜の伊三郎」

坂部がにやりと笑った。

「恐れいりやす」

「さ、行こうか」

とうながして、坂部は伊三郎に背をむけた。

4

前方の闇が急に明るくなった。

星をちりばめたように、無数の灯火がきらきらと耀映している。

本庄宿の町明かりであった。

坂部と伊三郎は、その明かりを目ざして歩度を速めた。

本庄宿は、江戸から十番目の宿場で、およそ二十里（約八十キロ）の距離にある。

町並み東西へ十七丁（約二キロ）。

家数、千二百十二軒。

人口四千五百余人。

代官・大熊善太郎支配の天領で、高二千百五十八石。武州最大の宿場町である。

丑の刻（午前二時）はとうに回っているころなのに、宿場通りには昼をあざむかんばかりの光が横溢していた。

常夜灯、提灯、軒行灯、雪洞、誰哉行灯などが目くるめく五彩の明かりを放ち、その明かりにむかって、一夜の快楽を求める男たちがあちこちから陸続と群れ集まってくる。まさにこの町は、眠ることを知らない不夜城である。

宿場の西側に、売色を目的とする飯盛旅籠が四十軒ほど軒をつらねていた。

　売られて行くのはどこよと聞けば
音に聞こえし中山道の
ここも名高き本庄宿よ

と八木節に謳われているように、本庄宿はまた、中山道屈指の歓楽の町としても知られていた。

坂部と伊三郎は、宿場の西はずれの居酒屋の縄のれんをくぐった。

客が五人ほどいた。いずれも奥州からの出稼ぎの人足らしく、陸奥訛りを丸出しにして声高にしゃべっている。一人は酔いつぶれて眠っていた。

二人は奥の小座敷にあがり、燗酒四本と鯉の洗い、味噌田楽、大根の煮つけ、漬物などを注文した。伊三郎にとってはひさしぶりの酒である。熱燗の酒が五臓六腑にしみた。

「ところで、ご浪人さん」

坂部の猪口に酒をつぎながら、伊三郎がいった。

「あっしはまだ、ご浪人さんのお名前を聞いておりやせんが」

「そうだったな」

坂部がふっと笑みを浮かべた。

「坂部と申す。坂部重四郎」

「郷里はどちらで？」

「遠州掛川だ」

伊三郎はそれ以上訊こうとはしなかった。名前と出身地を聞けば十分である。坂部が浪々の身に零落したのには、それなりの事情があるのだろう。しかし、それを詮索したところで、伊三郎には何の関わりもないことだし、関心もなかった。行きずりの浪人の身の上などはどうでもいいことなのだ。

「後悔先に立たず、という俚諺があるが……」

猪口の酒をなめながら、坂部が独りごちるようにいった。

「わしは、浪々の身になってはじめて、武士の生き方というものを悟った」

「……」

伊三郎は手酌で黙々と飲んでいる。

「天下泰平の世にあって、武士が生きてゆく道は一つしかない。周囲に波風を立てぬようにつつがなく……、ただひたすら、つつがなく主家に仕える。それが肝要なのだ」

そこで言葉を切ると、坂部は猪口の酒を一気に喉に流し込み、ふたたび語をついだ。

「わしには、そういう生き方ができなかった」

「何か、不始末でも仕出かしたんですかい？」

「上役を斬った」

坂部は、こともなげにいってのけた。伊三郎の反応はなかった。無表情に黙々と猪口をかたむけている。

坂部重四郎は、遠州掛川藩五万二千石の作事奉行（さくじぶぎょう）配下の役人だった。

一年前の秋、仕事上の意見の対立から上役の作事頭・瀬川兵部太夫（せがわひょうぶだゆう）と口論となり、あげくの果てに瀬川を斬り捨ててしまった。先に刀を抜いたのは瀬川のほうだったが、斬り合いになれば、若さにまさる坂部が勝つのは当然のことだった。

ましてや坂部は藩内屈指の直心影流（じきしんかげりゅう）の遣い手である。もとより殺すつもりはなかったのだが、瀬川があまりにも執拗に斬りかかってきたために、つい逆上してしまったのだ。

右の頬の刀疵は、そのときの斬り合いで受けた疵である。

瀬川を斬り捨てたあと、坂部は自宅の組屋敷にはもどらず、その足で脱藩逐電（だっぱんちくでん）した。

「瀬川どのも頑固な仁（じん）だったが、いま思えばわしも大人げなかった。一言〝はい〟といって頭を下げればすむことだったのだが……」

坂部の声には、深い悔悟の念がこもっている。

「すると、坂部さんも追われているんですかい？　掛川藩に」

「藩というより、瀬川どのの遺児に追われているのだ。父親の仇としてな」

当時、瀬川兵部太夫には、妻女と二人の子供がいた。二十三歳の息子・新之助と二十になる娘・八重である。半年ほど前に、息子の新之助が藩庁に仇討ち願いを届けて旅に出たと、坂部は風のうわさに聞いていた。

「けど……」

伊三郎が猪口に酒を満たしながらいった。

「坂部さんほどの剣の業前があれば、若僧の一人や二人、目じゃねえでしょう」

「いや」

坂部は言下にかぶりを振った。

「この先どうなるかわからんが、もし新之助に行き合ったら、わしは討たれてやろうと思っている」

意外な言葉が返ってきた。伊三郎は虚をつかれたように坂部の顔を凝視した。

「どうせ長くはない命だからな」

「といいやすと？」

「わしは膈ノ病にかかっている」

これも意外な告白だった。

「膈ノ病」とは胃癌のことをいうが、病理解剖が行われなかったこの時代、胃の腑に生じたしこりや腫れ物を総称して「膈ノ病」といった。余談になるが、「癌」という字が、歴史上はじめて登場したのは、貞享三年（一六八六）に刊行された『病名彙解』である。それには、

「未だ潰して色紫黒に堅硬にして、已に潰して深く陥て、岩のごとくなるを癌とす」

と記されており、おもに乳癌を「癌」と称した。

坂部の話を聞いて、「膈ノ病」が死に病であることを、伊三郎ははじめて知った。

いわれてみれば、たしかに坂部の顔色は尋常ではなかった。土気色というより、泥を塗ったようにどす黒い顔色をしている。

「その病は痛むんですかい？」

「ああ、ときおり胃の腑が焼けるように痛む。三日前には下仁田宿の旅籠屋で、盥いっぱいの血を吐いた。日を追うごとに体力もおとろえている。いつ野垂れ死

にしてもおかしくない体だ」

　まるで他人事のように、坂部は淡々と語る。

　このとき、伊三郎の脳裏に一つの疑念がよぎった。死を覚悟した坂部が、なぜ金に執着するのか。それも数百両という大金にである。いくばくもない余命をつなぐだけなら、数両の金があれば十分であろう。危険を冒して、長岡藩の侍から大金をせしめなければならない理由がどこにあるのか。それが最大の謎だった。

　そんな伊三郎の疑念を読み取ったかのように、坂部が言葉をついだ。

「じつはな……。わしにも一つだけ心残りがあるのだ」

　伊三郎は黙って聞いている。

「掛川の城下に妻と十一になる息子がいる」

　坂部が出奔したあと、妻と息子は藩の組屋敷を追われ、城下の長屋でひっそりと暮らしているという。

「その二人に暮らしに困らぬだけの金を残してやりたいのだ。せめてもの償いにな」

「………」

　伊三郎の表情はまったく動かない。仮面のように感情を押し殺した顔で、黙々

と飲みつづけている。一拍の間をおいて、

「おまえはどうなのだ」

坂部が訊き返した。

「どう、と申しやすと？」

「女房子供はおらんのか」

「おりやせん。親兄弟とも死に別れやした」

「天涯孤独ということか」

「へい」

坂部は吊り上がった目を細めて、しみじみと伊三郎の顔を見た。伊三郎の境遇を哀れむというより、むしろ、うらやむような眼差(まなざ)しである。

「それがおまえの強みなのかもしれんな」

「あっしには、失うものが何もありやせんので」

「それに守るべきものもない」

「好きでそういう生き方をしてるわけじゃありせんがね。ただ……」

と言葉を切って、伊三郎は猪口の酒をぐびりと飲みほした。

「――ただ？」

「あっしは、運命ってもんに逆らわねえようにしてるだけなんで」

「行雲流水、禅の境地というわけか……」

坂部が独語するようにつぶやいた。そこで二人の会話はぷつりと途切れた。小女が味噌田楽と漬物を運んできたのだ。二人は無言で味噌田楽に舌つづみを打った。ややあって、

「ところで、伊三郎」

坂部がふと箸をおいて、伊三郎を見た。

「弥吉と申す渡世人は、長岡藩士から託された包みを持って、倉賀野宿にむかったそうだが……」

そのことは伊三郎も知っている。

「妙だと思わんか」

「妙？……といいやすと」

「その包みを長岡藩の江戸藩邸に届けるつもりなら、まず本庄宿に出て、中山道を南に下るはずなのだが、弥吉がむかっているのは反対の倉賀野だ」

「あっしの聞いた話では、倉賀野宿の飯盛旅籠に弥吉の女がいるそうで」

「ほう」

「その女に逢いに行くといっておりやした」

「なるほど……。で、女がいる飯盛旅籠というのは？」

「屋号は聞いておりやせん」

「女の名は聞いたのか」

「お絹といっておりやした」

「よし、この近くの宿で仮眠をとり、明け方になったら、わしらも倉賀野にむかうとしよう」

居酒屋を出ると、二人は半丁（約五十五メートル）ほど離れた小さな旅籠屋に入った。

5

東の空がしらじらと明け初(そ)めたころ……。

藤岡宿の伝兵衛一家は、異様な空気につつまれていた。

若い者たちが、戸板にのせられた源造たちの死骸を続々と庭先に運び込んでいる。

庭一面に濃厚な血臭がただよっている。言葉を発する者は誰もいなかった。卯之助が死骸の一つひとつに線香を手向(たむ)けている。

伝兵衛がそのさまを濡れ縁に腰をすえて見ていた。どれもこれも無残な死骸だった。源造の頭は叩き割られ、両目の眼球が飛び出していた。三人の子分たちの死骸も酸鼻(さんび)きわまりない姿だった。一人は喉元を切り裂かれ、一人は背中をざっくりえぐられ、そして、もう一人は右足を切断されていた。

「何てざまだ……」

伝兵衛がうめくようにいった。顔は真っ赤に紅潮し、にぎり拳(こぶし)が小さく震えている。卯之助が沈痛な顔で歩み寄った。

「すぐに追手をかけやしょうか」

「無駄なこった」

吐き捨てるように、伝兵衛がいった。

「見つかったらただじゃすまねえことは、やつらだって百も承知してるはずだ。ゆうべのうちに、おれたちの手が届かねえところにずらかっちまったにちがいねえさ」

「けど、このまま放っとくわけには……」

いいさす卯之助に背をむけて、伝兵衛がやおら立ち上がった。

「それより卯之助、あの素浪人の目当ては何だと思う？」

「目当てと申しやすと？」

卯之助がけげんそうに見返した。

「弥吉って野郎だ」

伝兵衛がずけりといった。坂部重四郎と伊三郎の姿が消えたと知らされた瞬間に、伝兵衛は坂部の目的を見抜いていたのだ。

「伊三郎の手を借りて、弥吉の居所を探し出せば金になる。やつのねらいはそれだったのよ」

「なるほど……」

「それにしても、とんでもねえ浪人を雇い入れちまったもんだ」

伝兵衛の声は苦い。坂部を雇ったのは、ほかならぬ若者頭の源造だったのである。

「飼い犬に手を咬まれるとは、まさにこのことだ」

「親分」

卯之助がふと思いついたように、

「ひょっとしたら、やつらも倉賀野にむかったんじゃねえでしょうか」

「そうにちがいねえ。倉賀野の唐五郎には、きのうのうちに連絡をとっておいたが、念には念をだ。おめえも何人か手駒を連れて、すぐに倉賀野に飛んでくれ」

「承知しやした」

一礼して卯之助は立ち去った。それと入れちがいに別の子分が入ってきて、

「親分、お客人方がお発ちになるそうで」

「そうか」

背を返して、伝兵衛は奥の客間にむかった。

客間では、旅支度をすませた西尾甚内、川浪軍次郎、大場外記が茶をすすっていた。

「おはようございます」

伝兵衛が入ってきて、三人の前に腰をおろした。

「もう、お発ちになるんで?」

「先を急ぐのでな。何の騒ぎだ?」

西尾が湯呑みをおいて、いぶかる目で訊いた。

「伊三郎って渡世人が逃げ出しやしてね」

「逃げた？」

「用心棒に雇った浪人が寝返ったんで。……すぐに追手をかけたんですが、四人とも返り討ちにあいやした」

「そうか。それは災難だったな」

つぶやきながら、西尾がふところから切餅二個（五十両）を取り出して、

「世話になった。これは約束の半金だ。残りの五十両は、弥吉の居所がわかりしだい支払う。引き続き頼んだぞ」

「承知いたしやした。倉賀野の唐五郎には話を通しておきましたので、お困りのことがあったら何なりとお申しつけください」

「うむ」

とうなずくと、西尾は川浪と大場をうながして腰をあげた。

「道中、くれぐれもお気をつけて」

伝兵衛に送られて、三人は家を出た。

今朝はめずらしく寒気がゆるんで、宿場通りには白い靄がたゆたっていた。あちこちの商家から大戸を上げる音が聞こえてくる。早立ちの旅人もぽつりぽつりと姿を現しはじめた。

三人は、宿場通りから一本裏に入った路地に足を踏み入れると、とある旅籠屋の前で足をとめて、表を掃いていた下男らしき男に、

「広田と申す浪人を呼んできてもらいたいのだが」

大場が声をかけた。

「はい。少々お待ちくださいまし」

男が背を返して中に入っていった。ほどなく、薄汚れた旅装の浪人者が四人、あわただしく飛び出してきた。三日前の晩、一ノ宮宿の旅籠『上総屋』に踏み込んだ、あの四人である。

「ずいぶんと早い出立ですな」

猪首の浪人が苦笑を浮かべながらいった。どうやらこの男が「広田」らしい。

「わしらには一刻の猶予もないのだ。行こう」

西尾があごをしゃくって、四人をうながした。ふたたび宿場通りに出たところで、

「おぬしたちは、大場と一緒に本庄宿へむかってくれ。わしと川浪は間道をぬけて、先に倉賀野に行く」

「承知した」

一行はそこで二手に分かれた。

西尾甚内と川浪軍次郎が間道をぬけて中山道の新町宿へ。大場外記と四人の浪人者は、そのまま下仁田街道を東へむかった。江戸からやってくる塚田派の藩士を本庄宿で待ち受けようという作戦である。

パチッと榾木がはぜる音で、弥吉は目を覚ました。

囲炉裏に赤々と炎が燃え立っている。

弥吉は気だるげに体を起こした。その瞬間、全身に焼けるような熱い痛みが走った。あばら骨がきしみ、体じゅうが湯を浴びたように火照っている。ひどい脱力感に襲われながら、弥吉は歯を食いしばって立ち上がり、廃屋の中を見まわした。

お篠の姿が見当たらない。

（一足先に発ったか）

一瞬、そう思ったが、板敷きのすみにお篠の荷物がおいてあるのを見て思い直した。表に用を足しに行ったのかもしれない。急に喉の渇きを覚え、弥吉は土間に降りて水甕の水を杓で汲んで飲んだ。

「お目ざめでしたか」

ふいに背後で声がした。振り返ると、お篠が両手いっぱいに何かをかかえて、戸口に立っていた。早くから起きていたらしく、顔には薄化粧がほどこされていた。

「裏の納屋でこんなものを見つけました」

と、お篠が差し出したのは、腐りかけた里芋（さといも）だった。廃屋の住人が納屋に蓄えていた残りであろう。腐った部分を取り除けば、食べられないことはなさそうだ。

「朝餉（あさげ）の代わりに、これをいただきましょう」

そういって、お篠は手行李の中から懐剣を取り出すと、里芋の腐った部分を切り落として皮を剝（む）き、土間のすみにころがっていた鍋（なべ）に水を入れて囲炉裏にかけた。

ほどなく鍋が音を立てて湯気を噴き出した。

「もう食べられますよ」

お篠が細枝を使って、鍋の中の芋をつまみあげた。

「どうぞ」

「ありがとうございやす。じゃ、お先に」

受け取って、弥吉はむさぼるように食った。何よりも、冷えた体に茹でたての芋はありがたかったし、思いのほか旨かった。

「お怪我の具合はいかがですか」

お篠が心配そうな顔で訊いた。

「へえ。おかげさまで、ゆうべよりはだいぶ楽になりやした」

弥吉はそういって笑ってみせたが、正直なところ体調は最悪だった。お篠の手前、虚勢を張っただけである。

鍋の中の芋を平らげると、二人は身支度をととのえて廃屋を出た。

空が真っ青に晴れ渡り、気持ちのいい朝だった。

四ツ（午前十時）ごろ、二人は大塚村にさしかかった。戸数十五軒ほどの山間の寒村である。その村のたった一軒の雑貨屋で、弥吉は古着を買った。

熊に引き裂かれてボロボロになった道中合羽や衣服を綿入れの半纏と野良着に着替え、三度笠の代わりに菅笠をかぶった。どこから見ても土地の百姓としか見えないいでたちである。

大塚村を出て半刻（一時間）ほどたったとき、急に弥吉の歩度がゆるんだ。顔をゆがめ、右足を引きずるように歩いている。先を行くお篠が心配そうに振り返った。

「大丈夫ですか」

「右足の傷が痛み出したんで」

「少し休みましょうか」

「いや、このぐらいの痛みはどうってことはありやせん。行きやしょう」

弥吉は必死に痛みをこらえて歩いた。息づかいは荒く、顔には脂汗が浮いている。

四半刻ほど歩いて、ようやく平地に出た。見渡すかぎりの桑畑である。

その桑畑のはるか彼方に、ひしめくように櫛比する家並みが見えた。

中山道・新町宿の家並みだった。

第三章　仇討ち

1

弥吉とお篠が新町宿に着いたのは、昼を少し回ったころだった。

新町宿は、承応年間（一六五二〜五五）に緑野郡の落合村と笛木村が合併してできた宿場で、上州七カ宿でももっとも新しい宿場町である。新町宿の名はそれに由来するのだろう。人口千四百人。家数四百七軒。旅籠は四十三軒あった。

弥吉とお篠は、この宿場で別れることになっていた。お篠はそのまま中山道を南東に下り、江戸を経由して東海道へ。弥吉は反対の西北にむかい、倉賀野に行くつもりである。

宿場内の笛木町の一角に高札場があった。お篠はそこで足を止めて、

「では……」

と背後を振り返った。弥吉に別れの挨拶をするつもりだったのだが、振り返った瞬間、お篠は思わず息を飲んだ。すぐうしろにいると思っていた弥吉が、七、八間（約十三～十五メートル）離れた路上に蒼白の顔で座り込んでいる。

「弥吉さん！」

お篠が踵を返して駆け寄った。

「どうなさったんですか」

弥吉は路上に座り込んだまま、石地蔵のように固まっていた。目はうつろで、半開きになった口から泡を噴き出し、苦しげに肩で息をついている。

「弥吉さん、しっかりしてください！」

「だ、だめだ。……もう、一歩も動けねえ……」

弥吉があえぎあえぎいった。しぼり出すような声である。

往来の人々が眉をひそめて通りすぎてゆく。

「どなたか……、どなたか、お手をお貸しください。お願いでございます！」

お篠が必死に通行人に声をかけた。ややあって、

「どうしたい？」

伝馬人足らしき、がっしりした体躯の男が足をとめた。

「怪我をして難儀をしております。申しわけございませんが、宿まで運んでもらえませんでしょうか」

お篠が懇願する。

「わかった。おれがおぶってやろう」

男は弥吉の体を引き起こすと、その前にかがみ込んで軽々と弥吉を背負い、近くの『吾妻屋』という旅籠に連れ込んだ。お篠から事情を聞いた旅籠の番頭が、すぐさま下働きの男たちに命じて、弥吉を二階の部屋に運び込ませた。

蒲団に横になったとたんに、弥吉は気を失った。顔は白蠟のように白く透き通り、額から滝のような汗が流れ落ちている。かなりの熱があるようだ。

お篠は、女中が運んできた盥の水で手拭いをしぼり、弥吉の額に当ててやった。

「お絹……、お絹……」

苦しそうに息を荒らげながら、弥吉がうわ言のように口走る。

「弥吉さん、しっかりして。お絹さんて誰？ おかみさんのこと？」

お篠が弥吉の耳もとで声をかけると、やや間をおいてから、その声に反応するかのように弥吉がぽっかり目を開けて、けげんそうにお篠の顔を見た。

「気がつきましたね。……弥吉さん。わたくしです。お篠です」

「…………」

「見えますか。わたくしの顔が見えますか」

「——お篠さん」

弥吉はキョロキョロと目を動かして、部屋の中を見まわした。

「ここは……、ここは、どこなんですかい？」

「新町宿の旅籠です」

「そうですかい」

ようやく事態が理解できたらしく、弥吉は大きく吐息をつきながら、二、三度あごを引いて頭を下げる仕草(しぐさ)を見せた。

「お篠さんには……、すっかり迷惑をかけちまって……。面目(めんぼく)もございやせん」

頬にきらりと光るものがあった。汗ではなく涙だった。

「それより弥吉さん、倉賀野宿に行くとおっしゃってましたけど、倉賀野にはお身内の方でもいらっしゃるんですか」

「いや」

弥吉が弱々しく首を振った。

「あっしは小諸の在の出なんで、倉賀野には身内なんか一人もおりやせん」

「お絹さんという人は……？」

「え？」

「うわ言で、その人の名を呼んでましたけど」

「あ、ああ……」

弥吉は照れるような笑みを浮かべた。

「あっしの許嫁（いいなずけ）だったんですがね。ふた月ほど前に遠いところに奉公に出ちまったんですよ」

お絹が働いている倉賀野宿は、新町宿からわずか一里半（約六キロ）である。距離的には決して遠いところではなかったが、お絹の十年という年季を考えると、途方もなく遠いところにいるような気がする。それが弥吉の実感だった。

「お篠さん」

弥吉が真剣な眼差しでお篠を見た。

「おかげでだいぶ気分が楽になりやした。しばらくこの旅籠で養生すれば、一人で歩けるようになるでしょう。あっしにかまわず、お篠さんは旅をつづけておくんなさい」

「でも……」

「心配にはおよびやせん。あっしは百姓の小せがれですからね。こう見えても体は頑丈にできてるんです。二、三日もすればきっと治りやすよ」

「そうですか。弥吉さんが元気になるまで付き添ってあげたいのは山々なのですが、わたくしも旅を急ぐ身ですので……」

「わかっておりやす。どうぞ、お気がねなくお発ちになっておくんなさい」

「その前に、何かお入り用のものがあったら、わたくしが買ってきますけど」

「差し当たっては何もいりやせん。ただ……」

といって、弥吉はためらうように視線を泳がせた。お篠がのぞき込むようにして、

「御用があれば、遠慮なくおっしゃってくださいな」

「迷惑のかけついでに、一つだけお願いしたいことが……」

「どんなことでしょうか」

「もし本庄宿で伊三郎という渡世人を見かけたら、あっしが逢いたがっていた

と、一言そう伝えてもらいてえんです」

「伊三郎さん？」

「そのお人とは、きのうの昼ごろ鮎川橋で別れたばかりなんで。中山道を南に下るといっておりやしたから、たぶん今夜は本庄泊まりになるんじゃねえかと……。背丈の高い渡世人なので、宿場のどこかで行き合ったら、すぐにわかると思いやす」

「わかりました。心がけておきましょう」

そういって、お篠はうしろ髪を引かれるような思いで腰をあげ、

「では、お大事に……」

「お世話になりやした。道中、お気をつけなすって」

「ありがとうございます」

一礼すると、お篠はつらそうに目をそらして、足早に部屋を出ていった。

本庄宿の旅籠を出た伊三郎と坂部重四郎は、中山道の石神（いしがみ）村のあたりを歩いていた。

時刻は、昼九ツ半（午後一時）ごろである。

本来なら、もうとっくに新町宿に着いていなければならないのだが、今朝方の八ツ（午前二時）すぎまで酒を飲んでいたために、二人とも寝過ごしてしまったのである。

空は高く、どこまでも青く澄み切っている。降りそそぐ陽差しがまぶしかった。

地平の彼方に富士山に似た山が望見できた。赤城山である。

昨夜とは打って変わって、伊三郎の足は軽かった。両目のふちにはまだ青黒い痣が残っていたが、顔の腫れもいくぶん引いたし、体の痛みもだいぶやわらいだ。

伊三郎は、顔を隠すように三度笠を目深にかぶり、やや上体をかがめてうつむきかげんに黙々と歩を運んだ。その二、三間（約四〜五メートル）後方を、塗笠をかぶった坂部がゆったりとした足取りでついてくる。二人が離れ離れに歩いているのは、追手の目を警戒してのことだった。

金久保をすぎて、勝場にさしかかったとき、前方に滔々と流れる川が見えた。

神流川である。この川は藤岡宿の東を北に流れて、新町宿の手前で中山道を横切り、利根川にそそぎ込むのである。

神流川の橋を渡れば、新町宿はもう指呼の間である。この川が武州と上州の境になっていた。

「伊三郎」

ふいに背後で坂部の声がした。振り返ってみると、坂部が顔をこわばらせて街道の真ん中に棒立ちになっていた。

「どうなすったんで？」

「少し休まぬか」

「へい」

街道のわきに道祖神を祀った古びた祠があった。坂部はその祠に歩み寄って石段に腰をおろし、塗笠をはずした。どす黒い顔が汗で濡れ、息づかいが荒い。

「具合が悪いんですかい？」

「うむ。胃の腑がきりきりと痛む。昨夜の酒が悪かったようだ」

いいながら、坂部はふところから手拭いを取り出し、顔の汗を拭いた。その手拭いに赤いしみが付いた。血のまじった唾液だった。

そのとき、祠の前を通りすぎた旅の女が二人にチラッと視線を投げかけたことに、伊三郎も坂部もまったく気づいていなかった。女は、お篠だった。

「橋のたもとに茶店が出てやした。水をもらってきやしょうか」

伊三郎がいった。

「ああ……、頼む」

「ここで待っておくんなさい」

伊三郎は合羽をひるがえして、大股にその場を離れた。異変はその直後に起こった。七、八間（約十三～十五メートル）行ったところで、突然、背後に坂部のうめき声を聞いたのである。

伊三郎は思わず足をとめて振り返った。

信じられぬ光景がそこにあった。坂部が血まみれの胸を手で押さえてうずくまっていた。その前に懐剣をにぎったお篠が、虚脱したように立ちすくんでいる。

「坂部さん！」

伊三郎は踵を返して駆け寄った。

「お、おまえには関わりない……。て、手出しはいっさい……、無用だ」

あえぎあえぎ坂部がいった。懐剣で胸を一突きにされたらしく、押さえた両手の指のあいだから、おびただしい血が噴き出している。

「これは……、一体、どういうことなんで」

三度笠の奥の伊三郎の目が、坂部とお篠を交互に見やった。

「父の仇討ちです」

ぽつりと応えたのは、お篠だった。色がぬけるように白く、切れ長な目はうつろで、人形のように表情のない顔である。両手ににぎりしめた懐剣には、べっとりと血が付着していた。

「仇？」

と訊き返す伊三郎に、

「これでいいのだ、伊三郎」

坂部が薄笑いを浮かべて、うめくようにいった。口の端からも血がしたたり落ちている。

「これで……、わしも……、楽往生ができる……」

それが坂部の最期の言葉だった。

がっくりと首を折って、くずれるように祠の前に突っ伏し、そのままぴくりとも動かなくなった。拍子ぬけするほどあっけない最期だった。

坂部ほどの剣の腕があれば、女を返り討ちにするのは造作もなかっただろう。

だが、坂部はまったく無抵抗のまま殺された。予告どおり、みずから討たれたのである。

——これで、楽往生できる。

坂部の最期の言葉が耳朶（じだ）をよぎった。

伊三郎はこれまでに何十人という人間の死にざまを見てきたが、これほどあっけなく、これほどいさぎよく死んでいった人間を見たことがなかった。

2

「すると、おめえさんは……」

三度笠のふちを押し上げて、伊三郎が探るような目でお篠を見た。

「瀬川兵部太夫の娘さんかい」

「はい。八重と申します」

凜（りん）とした返事が返ってきた。この女が先ほどまで「篠」という変名を使っていたことを、むろん伊三郎は知るよしもなかった。

「たしか、おめえさんには新之助という兄さんがいたはずだが」

「兄は……、五日前に信州の沓掛宿（くつかけ）で……、亡くなりました」

「死んだ？」

「風邪をこじらせて、亡くなったのです」

人形のように表情のないお篠の、いや八重の顔に、はじめて感情が洩れた。切れ長な目が涙でうるんでいる。

半年ほど前に、瀬川兵部太夫の息子新之助が仇討ちの旅に出たと坂部はいっていたが、じつは妹の八重もその旅に同道していたのだ。弥吉に「篠」の変名を名乗ったことも、郷里が東海道・鳴海宿だといったことも、すべては仇討ちの旅を偽るための方便だったのである。

八重の話によると、兄の新之助は沓掛宿の旅籠で高熱を発し、二日二晩昏睡状態におちいったまま、一度も意識をとりもどすことなく息を引きとったという。

「これが……」

といって、八重が帯にはさんだ金蒔絵の印籠を取り出した。その印籠の懸紐には、絹のような光沢を放つ黒い房がついていた。

「兄の遺髪です」

「………」

伊三郎は瞠目した。黒い房と見えたのは、死んだ新之助の髷だったのだ。

「亡くなった兄に代わって、わたくしが本懐をとげました。どうぞ宿役人に届け出るなり、代官所に連れていくなり、お好きなようになさってください」

「おめえさん、仇討ち免許状を持っているんじゃねえのかい？」

「はい。郷里を出るときに藩庁からいただいてまいりました」

「じゃ、わざわざ騒ぎ立てることもねえでしょう。あっしは見たとおりの行きずりの渡世人、このご浪人さんとは何の関わりもありやせん」

「お連れではなかったのですか」

「へい。……先を急ぐので失礼しやす」

一揖して立ち去ろうとすると、

「伊三郎さん」

八重がふいに呼び止めた。伊三郎はぎくりと足をとめて、ゆっくり振り返った。

「もしや、伊三郎さんでは……？」

「なんで、あっしの名を」

「弥吉さんから聞きました」

「弥吉から？」

うなずきながら、八重はあらためて伊三郎を見上げた。六尺（約百八十二センチ）ちかい長身である。弥吉がいっていた背の高い渡世人とは、この男にちがいない。祠の前に立っている伊三郎を見たときから、八重はそう思っていたのだ。

「弥吉さんがぜひ逢いたいと……」

「どこにいるんですかい」

「ひどい怪我をして、新町宿の『吾妻屋』という旅籠屋で休んでいます」

伊三郎は、八重と弥吉との関わりを訊こうとはしなかった。ただ一言、

「わかりやした」

と応えただけで、祠の前に倒れ伏している坂部の亡骸（なきがら）には一瞥（いちべつ）もくれず、道中合羽をひるがえして足早に立ち去った。

八重はその場にたたずんで、遠ざかる伊三郎のうしろ姿を放心したように見送った。

背中に八重の視線を感じながら、伊三郎は振りむきもせずに歩きつづけた。

仇を討つ者と討たれる者。それぞれに壮絶な人生がある。だが、そのいずれの人生も、無宿渡世の伊三郎には関わりのないことであった。

一歩一歩足を踏み出すたびに、街道の景色は流れ去ってゆく。それと同じよう

に八重という娘も、坂部重四郎という浪人者も、長い人生の旅路の途次で見かけた一瞬の風景にすぎないのだ。

神流川の橋をわたると、新町宿はもう目の前であった。

ひっきりなしに人が行き交う宿場通りを、伊三郎はゆっくり歩を進めた。

弥吉がいるという旅籠『吾妻屋』は、すぐに見つかった。応対に出た仲居に弥吉の名を告げると、二階の部屋に案内された。弥吉は蒲団にくるまって昏々と眠っていた。

「お昼ご飯も食べずに眠りつづけているんですよ」

仲居がささやくようにいって部屋を出ていった。

伊三郎は部屋のすみで旅装を解くと、蒲団のかたわらに座り込んで、そっと弥吉の寝顔をのぞき込んだ。額に玉のような汗が浮いている。かなりの熱があるらしく、体が小きざみに震えていた。

伊三郎は枕元においてあった盥(たらい)の水で手拭いをしぼり、額の汗を拭いてやった。

「う、うう……」

低くうめきながら、弥吉がうっすらと目を開けた。ぼやけた視界の中に、伊三郎の顔がおぼろげに浮かびあがった。

「――い、伊三郎さん」

「気がついたか」

「きてくだすったんですね」

弥吉の顔に笑みが浮かんだ。心底うれしそうな顔である。

「怪我をしていると聞いたが」

「山道に迷ったあげく、熊に襲われやしてね」

「爪でやられたか」

「へい。足が……、右足が……、動かなくなっちまったんで」

伊三郎は蒲団をめくって、弥吉の足を見た。右太股の股引きが血で真っ赤に染まっている。手拭いの切れ端で血止めをしたようだが、出血は止まっていなかった。

「医者を呼ばなかったのか」

「それが……」

と弥吉は力なく首を振った。宿場にいるたった一人の医者は、高崎(たかさき)の城下に出(で)療治(りようじ)に行っており、五日後にならなければもどってこないという。

「それまで、あっしの体がもつかどうか……」

伊三郎は黙っていた。弥吉の容態がかなり重いことは一目でわかった。このまま出血がつづけば、五日どころか三日ももたないだろう。

「ご迷惑を承知で、伊三郎さんにお頼みしてえことがあるんです」

「どんなことだ」

「あっしの振り分け荷物を開けておくんなさい。桐油紙(とうゆがみ)の包みと書き付けが入っておりやす」

伊三郎は、枕辺(まくらべ)においてあった振り分けの小行李(こごうり)を開けた。四角い桐油紙の包みと二つに折った懐紙(かいし)が入っていた。

「これか」

「へい。その包みを倉賀野宿の『井筒屋』という旅籠に届けてもらいてえんで」

弥吉に包みを託した武士は、十日後に松崎数馬という侍がその包みを取りにくるといっていた。それからすでに六日が経過しているので、松崎が『井筒屋』に現れるのは四日後ということになる。伊三郎は書き付けを開いて見た。

〈此の者に、金五十両を被下置様、右、願い奉り候、荒木文之進〉

と、したためてある。伊三郎の読みどおりだった。この包みを届けると、五十両の礼金がもらえることになっていたのだ。

「おめえの目的は、この五十両だったってわけか」

「へい。あっしの身に万一があったときは、その金でお絹を身請けしてやってもらいてえんです」

「お絹の奉公先は？」

「『武蔵屋』という飯盛旅籠です」

「姉と一緒に売られたといってたな。名はたしか……」

「お恵といいやす」

「わかった。一度おれが倉賀野に様子を見に行ってくる。先のことを心配しても仕方がねえ。とにかくいまは何も考えずに怪我の養生につとめることだ」

「伊三郎さん」

弥吉が声をつまらせた。

「あっしが元気になったら、このご恩はかならず……、かならずお返しいたしやす」

「体に障るから、それ以上しゃべらねえほうがいいぜ」

「へえ」

こくりとうなずいて、弥吉は静かに目を閉じた。心なしか、きのうより顔色は青白く、頬もいくぶんこけて、ますます死んだ弟の宗助に面影が似てきたような気がする。

（これも何かの縁かもしれねえ）

弥吉の寝顔を見ながら、伊三郎は胸のうちでそうつぶやいていた。

弥吉はすぐに寝息を立てはじめた。それを見届けると、伊三郎は三度笠と道中合羽を持って、そっと部屋を出ていった。

階段を降りたところで、番頭らしき初老の男に声をかけられた。

「お発ちでございますか」

「ちょいと倉賀野まで用があってな。今夜はここに泊まるつもりだが、部屋は空いてるかい？」

「弥吉さんと相部屋ではいけませんか」

「あの男は、あっしの連れじゃねえんですよ」

「さようでございますか。では、一部屋ご用意しておきましょう」

「晩飯はいらねえぜ」

「承知いたしました。行ってらっしゃいまし」

番頭に送られて、伊三郎は旅籠を出た。

日中はおだやかな陽差しが降りそそいでいたが、陽が西にかたむきはじめると、さすがに冷え込んでくる。かすかに風も立ちはじめた。伊三郎は三度笠を目深にかぶり、合羽の前をしっかり合わせて、旅を急いだ。

宿場の棒端に『倉賀野へ、一里半（約六キロ）』の道標が立っていた。旅慣れた渡世人の足なら、往復二刻（四時間）とかからない距離である。

棒端をすぎると、街道の右手に赤城山、ほぼ正面に榛名山、左手に妙義山の、いわゆる上毛三山が遠望できた。山のいただき付近の空は、すでに桔梗色に染まっている。

柳瀬川の渡しを越えて、岩鼻にさしかかったころには、街道に薄闇がただよいはじめ、西へむかう旅人の姿も増えてきた。

岩鼻は、日光例幣使街道に近いところから、寛政五年（一七九三）に幕府の代官所がおかれ、上野の国を中心とした天領統治と農村復興、無宿者の取り締まりなどにあたった。

岩鼻には現在も陣屋跡が残っている。土居をめぐらした東西百七十メートル、南北二百五十メートルを主郭とし、南側に大手門、東側に物見台があった。

――ゴォーン、ゴォーン、ゴォーン。

岩鼻をすぎたあたりで、鐘の音を間遠に聞いた。陣屋の東側にある真言宗・観音寺の七ツ（午後四時）の鐘である。

薄闇の奥に、倉賀野宿の家並みが見えてきた。そこで伊三郎の足がはたと止まった。三度笠の下の目が、するどく前方を見すえている。

宿場の入り口付近に、六、七人の男が立ちはだかって、宿場に出入りする旅人たちに監視の目を光らせていた。伊三郎の立っている位置から男たちの面体は目睹できなかったが、身なりから見て、やくざ者であることはまちがいなかった。

――唐五郎一家の身内衆か。

伊三郎は直観的にそう思った。倉賀野の貸元・唐五郎が、藤岡の伝兵衛の舎弟分であることは周知の事実である。だが、その男たちの中に、伝兵衛が差しむけた卯之助と三人の子分がいたことに、伊三郎は気づいていなかった。

いずれにせよ、彼らの目的が弥吉であることは疑うまでもなかった。伊三郎はとっさに踵を返して、街道の左手の桑畑に足を踏み入れた。

山野に自生する桑の木は高さ十メートル、幹径六十センチになる落葉高木だが、養蚕用に栽培された桑の木は三、四メートルの高さに刈り込まれている。

その桑の木が何千本も植えられている広大な桑畑は、男たちの視界から身を隠すのには絶好の場所だった。

桑畑の中の野道を四半刻（三十分）ほど歩くと、急に視界が開けて、前方に川が見えた。

利根川の支流・烏川（からすがわ）である。

川の左岸には土蔵造りの舟問屋が十数件、積荷用の蔵がおよそ五十棟、一丁半（約百六十四メートル）にわたって軒をならべており、土地の人々が「河岸（かし）」と呼ぶ舟着場には、数百艘（そう）の川荷舟が舳先（へさき）をつらねて係留されていた。

この河岸には、江戸からの上り荷として塩・茶・糠（ぬか）・干鰯（ほしか）などが運ばれ、江戸への下り荷は米・大豆・煙草（たばこ）などが積み出され、終日人馬の往来が絶えなかった。

倉賀野宿は、まさに烏川の舟運（しゅううん）によって繁栄した「川の湊町（みなとまち）」なのである。

土蔵が立ち並ぶ河岸の路地を足早にぬけて、伊三郎は宿場通りに出た。

3

通りは、さながら光の海だった。

陽が落ちたばかりだというのに、料理茶屋、水茶屋、小料理屋、居酒屋、煮売屋などがまばゆいばかりの明かりを撒き散らし、通りのあちこちから女の嬌声や男たちの哄笑、弦歌がひびきわたってくる。

遊客の多くは、烏川の河岸で働く船頭や船乗り、荷揚げ人足たちである。そのせいか藤岡宿や本庄宿の盛り場とは異質の荒々しい活気がみなぎっていた。

伊三郎は、人混みをぬうようにして歩きながら、『井筒屋』という旅籠を探した。

三つ目の辻角に『井筒屋』の屋号を記した軒行灯を見つけた。

旅籠の入り口は宿りを求める旅人でごった返して、女中たちが甲高い声をあげながら、あわただしく濯ぎ盥を運んでいる。

伊三郎は三度笠をはずして中年の女中を呼び止めた。

「ちょいと訊きてえことがあるんだが」

「はい」

「四日後に江戸から松崎数馬という侍がくることになってるそうだが、その件で何か聞いてねえかい？」

「さァ……、少々お待ちください」

女中は奥へ去った。ほどなく初老の番頭が出てきて、

「あいにくですが、手前どもではそのような話はいっさい承知しておりません。よその宿ではないでしょうか」

そういうと、取りつくしまもなく、そそくさと立ち去った。

釈然とせぬ面持ちで、伊三郎はふたたび三度笠をかぶり、通りに出た。

弥吉の話によると、荒木文之進という侍は、『井筒屋』に包みを届けてくれといい残して息を引き取ったという。後日、松崎数馬がその包みを取りにくる手はずになっていたとすれば、当然『井筒屋』はそのことを知っていなければならないのだが、番頭はいっさい承知していないという。それが不可解だった。重要な書類の受け渡しにしては、あまりにも場当たりすぎる。

（妙だな）

小首をかしげながら、歩を踏み出したとき、

「旅人さん」

ふいに背後で女の声がした。振り返って見ると、赤い前掛けをした女が小走りに駆け寄ってきた。その装りから見て、伊三郎は『井筒屋』の女中と察した。

「いまの話は、わたしがうかがってます」

女はいきなりそういった。どうやら伊三郎と番頭のやりとりを聞いていたらしい。

「おめえさんは?」

「女中の葉と申します」

「しかし、なぜ、おめえさんが……?」

「こんなところで立ち話も何ですから」

お葉と名乗った女は、通行人を気にするように、目顔で伊三郎を路地にうながした。

「一年前まで……」

路地の暗がりで足をとめて、お葉がぽつりといった。歳のころは二十二、三。色白で清楚な感じの美形である。

「わたしは越後長岡の城下でお武家奉公をしておりました」

その奉公先が、松崎数馬の屋敷だったのである。数馬の父親・庄左衛門は長岡藩の納戸頭をつとめ、知行五百石を拝領していた。長子の数馬は書院番をつとめていたが、半年ほど前に近習に抜擢されて江戸詰めになったという。

一方のお葉は、長岡城下の小間物屋の一人娘で、十九のときに行儀見習いとして松崎家の屋敷に奉公にあがったのだが、一年前に両親が相次いで病に倒れ、家業の小間物屋が立ち行かなくなったために、つてを頼って倉賀野の旅籠に働きに出たのである。

それを知った数馬は、公用で江戸と国元を行き来するたびに、お葉の奉公先である『井筒屋』に立ち寄ってくれたという。

「昨日、数馬さまから早飛脚で手紙が届きました。一日二日、早く着くかも知れないと……」

「そうですかい」

伏し目がちに語っていたお葉がふっと顔をあげて、三度笠の下の伊三郎の顔をすくいあげるように見た。

「旅人さんは、数馬さまにどんなご用がおありなんですか」

「あっしの用事じゃありやせん。ある男から数馬さんに渡してえものがあると、言伝（ことづ）てを頼まれただけなんで」

「失礼ですが、旅人さんのお名前は？」

「伊三郎と申しやす。新町宿の『吾妻屋』って旅籠に泊まってるんで、数馬さんが到着したらその旅籠を訪ねるように伝えておくんなさい」

「承知いたしました。仕事があるので失礼いたします」

一礼して、お葉は足早に去っていった。そのうしろ姿を見送りながら、伊三郎は内心、

（惚（ほ）れてるな）

と思った。数馬の名を口にするたびに、お葉の大きな目がきらきらと耀（かがや）き、白い頬にほのかな朱が差した。含羞（がんしゅう）ともいうべきその表情に、伊三郎はお葉の秘めやかな恋情を見てとったのである。

（さて）

と伊三郎は、三度笠のふちを引き下げて、ふたたび宿場通りに出た。

まだやらねばならぬことがあった。『武蔵屋』という飯盛旅籠を訪ねて、弥吉が新町宿の旅籠にいることを、お絹に伝えなければならないのだ。

宿場通りのほぼ中央に火の見櫓（やぐら）が立っており、『武蔵屋』はその真向かいにあ

った。

旅籠にはめずらしく、屋根の上に屋号を彫りぬいた木彫りの看板がかかげられていた。建物の造りも派手派手しく、旅籠というより遊郭(ゆうかく)の妓楼(ぎろう)といったおもむきである。

窓という窓には、煌々(こうこう)と明かりが灯り、中から甲高い女の笑い声や嫖客(うかれお)の戯(ざ)れ声、三味(しゃみ)の音がひびいてくる。

伊三郎が『武蔵屋』の前にさしかかると、すかさず奥から紫紺の法被(はっぴ)をまとった客引きの男が飛び出してきて、

「旅人さん、お遊びでございますか」

もみ手しながら、愛想笑いを浮かべた。

「酒を飲ませてもらいてえんだが」

「ようございますとも。ささ、どうぞ」

男にうながされて中に入ると、上がり框(がまち)に小柄な老婆が待ち受けていて、伊三郎を一階の中廊下の奥の小さな部屋に案内した。

「お酌さんを呼びますか」

欠けた歯を見せて、老婆がいった。女を買うかと訊いているのである。

「お絹って女はいるかい？」

「お絹？　……さァ、うちにはそんな名の妓はおりませんね」

老婆がそっけなくいった。

「辞めたのか？」

「辞めるも何も、もともとうちにはいないんですよ、そういう名の妓は」

「じゃ、お恵って女はいるかい？」

「ああ、水仕のお恵さんね。ちょっとお待ちください」

伊三郎が遊びの客でないことを見抜いたのか、老婆は露骨に不満そうな顔を示して、そそくさと部屋を出ていった。

「水仕」とは、文字どおり水仕事だけに従事する下働きの女をいう。飯盛旅籠には水仕女のほかに、部屋に酒や膳部を運ぶ出居女、売色を専門とする飯盛女がいた。

ややあって、地味な着物を着た二十五、六の面やつれした女が、気おくれするような感じでおずおずと入ってきた。

伊三郎は意外そうな目で女を見た。思っていたより老けて見えたし、顔立ちも決して美人とはいえなかったからである。

「恵と申します」

敷居ぎわに手をついて、女が頭を下げた。

「おめえがお絹の姉さんかい？」

「はい」

お恵が顔をあげて、けげんそうに伊三郎を見た。なぜお絹のことを知っているのか、と問いたげな表情である。

「弥吉って男から言伝てを頼まれたんだが……、お絹はこの旅籠にいねえのかい？」

「それが……」

一瞬、お恵は口ごもったが、意を決するように、

「なじみのお客さんに身請けされました」

「落籍（ひか）された！」

伊三郎の声が上ずった。驚きのあまり次の言葉が出ない。お恵が自嘲（じちょう）の笑みを浮かべながら語をついだ。

「わたしはごらんのとおり、とうの立った不器量な女ですから、水仕女のような仕事しか与えられませんでしたが……」

伊三郎の目がお恵の手元にそそがれている。膝においたお恵の両手の甲は、霜焼けで痛々しいほど赤く腫れていた。

「幸か不幸か、妹は歳も若かったし、わたしよりもずっと器量がいいので、飯盛女にさせられてしまったのです」

前述したように、飯盛女とは客に体をひさぐ売色婦のことをいう。お恵の話を聞きながら、弥吉はそのことを知っていたのだろうか、と伊三郎は思った。

「さっきの婆さんは、お絹という女はもともとこの宿にはいなかったといっていたが」

「妹は小菊という源氏名を名乗っていたので、宿の人は誰も本名を知らないんです」

「なるほど、そういうことか」

「ところで、旅人さんはどんなご縁で弥吉さんと?」

お恵が訊き返した。

「旅の途中で知り合っただけだ。弥吉は怪我をして新町宿の旅籠で養生している」

「弥吉さんが……、新町宿に?」

「一目だけでも、お絹に逢いてえといっていた」

「そうですか」

お恵は悲しげに目を伏せた。

「お絹を身請けしたなじみの客ってのは、何者なんだい？」

「倉賀野の貸元・唐五郎親分さんです」

伊三郎は思わず瞠目した。

唐五郎という貸元には一面識もなかったが、藤岡の伝兵衛の舎弟分として一家をかまえているからには、それなりに歳もいってるだろうし、女房もいるだろう。その唐五郎がお絹を身請けしたということは……、

「唐五郎の囲われ者になったということか」

お恵は、ちょっと間をおいて「ええ」と小さくうなずいた。と、そのとき……、

「お恵さん、仕事だよ、仕事」

襖の外でせき立てるような声がした。

「はい」と応えて、お恵は腰をあげ、

「弥吉さんによろしくお伝えください」

いいおいて、逃げるように部屋を出ていった。入れちがいに先刻の小柄な老婆が酒肴の膳部を運んできて、伊三郎の前に無造作におくと、物もいわず立ち去った。

酒肴といっても、徳利一本に漬物の小鉢がついているだけである。伊三郎は手酌で酒を呑みながら、弥吉にこの事態をどう説明すべきか、考えあぐねた。お絹に逢いたい一心で信州から旅を重ねてきた弥吉に、事実をありのままに伝えるのはあまりにも残酷すぎる。

飯盛女に身を落としたとはいえ、お絹がこの旅籠に働いていれば、まだしも一縷の望みはあった。五十両の金さえ手に入れば、お絹を身請けすることができるからである。

だが、現実は非情だった。

唐五郎の囲い者になったお絹を弥吉の手に引きもどす方策はもはやない。今度こそ本当に、お絹は弥吉の手の届かぬ遠いところへ行ってしまったのだ。そう思うと、さすがに伊三郎の心は重かった。

4

　徳利の酒を一気に呑みほすと、伊三郎は酒代を払って『武蔵屋』を出た。

　表には夜のとばりが下りていた。宿場通りの灯火が一段と輝きを増している。

　伊三郎は路地裏の闇をひろって、烏川の河岸通りに出た。

　昼間は、荒菰包みの舟荷を満載にした荷車や荷馬がひっきりなしに行き交い、舟問屋の奉公人や船頭、舟子、荷揚げ人足などでごった返す河岸通りも、さすがにこの時刻になると人影も絶えて、ひっそりと静まり返っている。

　月の明るい夜である。

　伊三郎は白壁の土蔵が立ちならぶ路地をぬけて、先刻の桑畑に足をむけた。そのときである。ふいに背後に足音がひびき、提灯の明かりが差した。

「おい、待たねえか」

　その声に伊三郎は足を止めてゆっくり振り向いた。三人の男が提灯を下げて駆け寄ってきた。唐五郎一家の身内衆であろう。いずれも濃紺の半纏に格子縞の着流し、腰に長脇差を差した凶悍な面がまえの男たちである。

「こんな時分にどこに行くんだい？」

一人がいった。短軀だが肩幅が異常に広く、蟹のような体形をした男である。

「どこへ行こうと、あっしの勝手だ。おめえさんたちに詮索される筋合いはござんせんよ」

「何だとォ！」

怒声を発するもう一人を、蟹のような体形の男が制して、

「おれたちは弥吉って渡世人を探してるんだ。念のためにおめえさんの名を聞いておこうか」

「見たとおりのしがない旅の者にござんす。名乗るほどのもんじゃありやせん」

三度笠の奥からそういうと、伊三郎は合羽をひるがえして三人に背を向けた。

「待ちやがれ」

だみ声とともに、長脇差を鞘走る音が聞こえた。伊三郎は桑畑にむかって走った。逃げたのではなく、三人を桑畑におびき寄せる作戦である。

密生する桑の木のあいだを、伊三郎はぬうようにして走った。

街道の近くまできたところで、伊三郎はやおら足を止めて、背後を振り返った。提灯の明かりが四、五間（約七～九メートル）の距離に迫っていた。伊三郎

は左手で合羽の前を開き、右手を長脇差の柄にかけた。

「てめえ、やる気か！」

叫びながら、一人が桑の木をかき分けて、猛然と斬りかかってきた。

しゃっ！

伊三郎の長脇差が一閃した。断ち切られた桑の木の枝が数本、ばらばらと宙に飛び散った。同時にドサッと音を立てて、何かが枯れ草の上に倒れ込んだ。首を切り裂かれた男だった。伊三郎はすぐさま体を反転させて、諸手（もろて）にぎりの長脇差を一直線に突き出した。

「ぎゃ！」

桑の木の陰で絶叫がひびいた。胸を刺しつらぬかれた二人目の男が、虚空をかきむしりながら仰向けに倒れた。男の手から落ちた提灯がめらめらと燃えあがった。

伊三郎の目のすみに影がよぎった。とっさに片膝をついて体を沈めた。頭上に刃うなりがして銀色の光が空を切った。右横からの斬撃（ざんげき）だった。

伊三郎はすかさず下から長脇差を薙ぎあげた。桑の木の枝もろともに断ち切られた男の腕が、伊三郎の三度笠の上を飛んでいった。

「わっ」

と叫んでころがったのは、蟹のような男だった。左の腕が肩の付け根から切り落とされていた。切断された傷口から泉水のように血が噴き出している。男は悲鳴をあげながら枯れ草の上をころげまわっていた。伊三郎は長脇差の柄を逆手に持ち換えた。

「た、頼む。……殺さねえでくれ……」

男が哀願するようにいった。三度笠の下の伊三郎の顔はあくまでも無表情である。冷ややかな目で男を見下ろしながら、ゆっくり長脇差を振り上げた。

「や、やめてくれ！」

断末魔の叫びだった。同時にグサッと音がして、長脇差の切っ先が男の胸板に突き刺さった。まるで百舌(もず)の生贄(いけにえ)のように、胸を串刺しにされたまま男は絶命した。

伊三郎は男の胸に突き刺さった長脇差を一気に引きぬくと、刀身の血ぶりをして鞘におさめ、合羽をひるがえして闇の深みに走り去った。

そのころ……。

宿場の一角の料理茶屋『桔梗屋』の座敷に、三人の男が顔をそろえていた。

長岡藩横目頭の西尾甚内と配下の川浪軍次郎、そして倉賀野の貸元・唐五郎である。三人の前には豪勢な酒肴の膳部がならんでいる。

「江戸からやってくる侍ってのは、何人ぐらいなんで？」

唐五郎が二人に酌をしながら訊いた。歳は三十七だが、年齢よりはるかに老けて見えるのは、額が禿げあがって頭髪が薄いせいであろう。ぎょろ目の赤ら顔で、獅子頭のような面相をしている。

「確かなことはわからんが、十日ほど前に三人が江戸藩邸を出たと聞いている」

応えたのは、西尾甚内だった。それを受けて、川浪軍次郎が、

「これまでの調べで、一人だけは素性がわかっておる。近習の松崎数馬という男だ」

「歳はいくつぐらいで？」

「二十五。左眉の上に黒子がある。見ればすぐにわかるであろう」

「十日前に江戸を発ったとなると、いまごろ深谷宿か本庄宿あたりだと思いやすが」

「うむ」

とうなずいて、西尾が酒を満たした猪口を口に運びながら、

「本庄宿には、わしの配下と旅の途中で雇った三人の浪人者を待機させているのだが、わずか四人ではいかにも心もとない。そこで相談というのは……」

「わかっておりやす」

唐五郎がにやりと嗤った。

「藤岡の伝兵衛親分から話は聞きやした。本庄宿はあっしの縄張りですからね」

五年前まで、本庄宿は橋場の徳次郎という貸元の縄張りだったが、藤岡の伝兵衛との長年にわたる抗争のすえに徳次郎一家は壊滅し、その縄張りを舎弟分の唐五郎が仕切るようになったのである。

「すでに手くばりはしてありやすよ」

「そうか。それはありがたい」

「伝兵衛親分から、くれぐれもご両所をねんごろにおもてなしするようにと申しつかっておりやすので」

そういって、唐五郎はパンパンと手を叩いた。それを合図に廊下側の襖が開いて、着飾った二人の茶屋女がしんなりと入ってきた。厚化粧をしているが、二人とも片田舎の女にしてはなかなかの美形である。

「ふふ、これは何よりのもてなしだ」

西尾の顔に思わず好色な笑みがこぼれた。

「ささ、お二方(ふたかた)にお酌を」

唐五郎にうながされて、二人の女は西尾と川浪の席について酌をした。

唐五郎や藤岡の伝兵衛が、西尾たちにこれほどの気づかいを見せる理由は、一つには多額の礼金目当てということもあったが、こうして西尾たちをたなごころにすることによって、越後長岡藩に手づるを作っておきたいという下心もあった。

大名家と強い関係をむすんでおけば、参勤交代のさいの宿泊施設の差配や伝馬人足の請け負い、食料物品の調達などの利権を得ることができるからである。

ひとしきり酒席が盛り上がったところで、唐五郎がおもむろに腰をあげた。

「あっしはこのへんで失礼させていただきやす」

「もう帰るのか」

「まだ宵(よい)の口ではないか」

と引き止める西尾と川浪に、

「ちょっと所用がございまして。どうぞ、ごゆっくりお楽しみくださいまし」

深々と一礼して、唐五郎は退出した。

宿場通りはあいかわらずのにぎわいである。

雑踏の中を、肩を怒らせて歩いてゆく唐五郎に、商人ふうの男や人足ていの男たちが、ぺこぺこと頭を下げて足早に通りすぎてゆく。

唐五郎は、『桔梗屋』から一丁（約百九メートル）ばかり西へ行った路地を右に曲がった。

幅二間（約四メートル）ほどの路地である。表通りのにぎわいが嘘のように薄暗く、ひっそりと小家（こいえ）が軒をつらねている。その路地の突き当たりに、山茶花（さざんか）の垣根をめぐらせた小粋な仕舞屋（しもたや）があった。障子窓にほんのりと明かりがにじんでいる。

唐五郎が引き戸を開けて中に入り、

「おれだ」

と奥に声をかけると、奥の唐紙がからりと開いて、若い女が姿を現した。

色の白い目鼻立ちのととのった美人だが、顔にはまったく表情がなく、玻璃（はり）（ガラス）のように冷たい目をしている。この女が唐五郎に身請けされたお絹だった。

「お羽織を……」

お絹は、唐五郎の背後にまわって羽織をぬがせると、目も合わさずに奥の部屋へ入っていった。八畳の居間である。部屋に入るなり、唐五郎は長火鉢の前にでんと腰をすえて、煙草盆（たばこぼん）の煙管（きせる）にきざみ煙草をつめ込み、火鉢の炭火で火をつけてうまそうに吸い込んだ。

「お酒にいたしますか」

羽織を畳みながら、お絹が抑揚のない声で訊いた。

「酒は飲んできた。茶を一杯いれてくれ」

「はい」

お絹は、急須（きゅうす）に長火鉢の鉄瓶（てつびん）の湯をそそぎ、湯呑みについで差し出した。それを一口ぐびりと飲みほすと、

「お絹」

唐五郎が出目金のような大きな目でぎょろりとお絹を一瞥した。

「このおれに何か不満でもあるのか」

「いいえ、不満なんて何も……」

「だったら、もう少し愛想を使ったらどうなんだ」

「これでも、わたしは精一杯親分に仕えているつもりです」

「精一杯か」

唐五郎は、小鼻をふくらませてせせら笑った。

「たしかに、おめえはいわれたことだけはきっちりやる。だが、何をやるにしても気持ちがこもってねえんだ」

「…………」

お絹は黙って目を伏せた。

「くどいようだがな。こうしておめえが何不自由なく暮らせるのは、おれのおかげなんだぜ。その恩義を忘れたわけじゃあるめえな」

「親分のご恩は一生忘れません」

「そうか……。よし」

唐五郎がやおら腰をあげて、

「その恩にたっぷり報(むく)いてもらおうか」

お絹の手を取って、寝間の襖をがらりと開け放った。

夜具がしき延べてある。唐五郎は、お絹を夜具の上に突き倒すと、荒々しくのしかかって口を吸った。唐五郎の分厚い唇が、お絹の口から首すじへ、なめくじのように這(は)ってゆく。お絹はうつろな目を天井にむけたまま、されるがままになっている。

唐五郎の節くれ立った手がもどかしげに帯を解いた。着物の前がはらりと開く。その下は目にしみるような緋色(ひいろ)の長襦袢(ながじゅばん)である。

唐五郎はしごきをほどいて、着物と長襦袢を引き剝(は)ぐように脱がした。白い胸乳(むなぢ)があらわになる。身につけているものは蹴出(けだ)し一枚。半裸の状態である。小ぶりだが張りのある乳房。白磁(はくじ)のようにきめの細かい艶(つや)やかな肌。息を飲むほど美しい裸身だ。

唐五郎は左手で片方の乳房をもみしだきながら、もう一方の乳房をかぶりつくように吸った。お絹の上体がわずかにのけぞった。乳首が梅の実のように固くなっている。

お絹は眉根をよせて目を閉じた。花びらのような唇からかすかなあえぎが洩れている。喜悦を感じているというより、苦痛に耐えているような、そんな表情である。

唐五郎の手が赤い蹴出しの紐(ひも)にかかった。

お絹の下半身をおおっていた最後のものが剝ぎ取られ、文字どおり一糸まとわぬ全裸になった。十九歳といえばもう立派な女である。華奢な体つきのわりに腰まわりの肉おきはよく、ふっくらと盛り上がった股間には黒々と秘毛が茂っている。

唐五郎はおもむろに立ち上がり、着物をぬぎはじめた。そのときである。

「親分！」

突然、玄関で男の声がひびいた。ぬぎかけた着物の袖にあわてて腕を通し、唐五郎は寝間を飛び出した。玄関の三和土に一家の若い者が二人、血相変えて立っていた。

「どうした」

「宿場の東の桑畑で、勘助と為吉、長次の三人が何者かに殺されやした」

「なに！」

唐五郎が目を剝いた。その三人を斬ったのは伊三郎である。しかし、唐五郎がそれを知るわけはなかった。顔を真っ赤に紅潮させて、ぎりぎりと歯噛みしながら、

「佐太郎一家の仕業か……」

と、うめくようにつぶやいた。

佐太郎一家とは、倉賀野から一里十九丁（約六キロ）離れた高崎を縄張りに持つ博徒のことで、西上州では藤岡の伝兵衛一家と二分する勢力を誇っていた。高崎は松平右京亮八万二千石の城下町であり、同時に中山道最大の宿場町でもあった。

五年前の抗争で、下仁田街道の宿場と中山道の本庄宿・新町宿・倉賀野宿の縄張りをほぼ手中におさめた伝兵衛は、さらに勢力を拡大するために高崎の佐太郎一家の縄張りをねらっていた。それに対抗するために、佐太郎一家は勢多郡の大親分・大前田栄五郎の後ろ楯を得て、倉賀野と高崎のあいだに防衛戦を張りめぐらしていた。

このとき大前田栄五郎、四十五歳。十七年におよぶ凶状旅から故郷にもどり、名実ともに上州一の貸元として君臨していたころである。

伝兵衛にとって、佐太郎一家を倒すことは、大前田栄五郎の影響力を排除することになり、その結果、伝兵衛が事実上、上州一の貸元の座に座ることになるのである。

「天下分け目の決戦だ」

そう公言してはばからない伝兵衛と、

「栄五郎親分の顔に泥を塗るわけにはいかねえ」

と意気込む佐太郎とのあいだで、この数カ月小ぜり合いが絶えなかった。そうした経緯があって、唐五郎は三人の子分の斬殺事件を佐太郎一家の仕業と見たのである。

「ちくしょう」

唐五郎が唾棄(だき)するようにつぶやいた。

「この借りはかならず返してやるからな」

5

伊三郎が新町宿の旅籠『吾妻屋』にもどったのは、五ツ半(午後九時)ごろだった。

すでに軒行灯の灯(ひ)も消えて、大戸も下りていた。くぐり戸を引いて中に入ると、奥の帳場から初老の番頭が出てきて、

「お帰りなさいまし。お部屋にご案内いたしましょう」

と伊三郎を一階の奥の部屋に案内した。ほかの客たちはもう床についたのであ

ろう。どの部屋も明かりを消してひっそりと静まり返っている。中廊下の突き当たりの部屋に案内されると、伊三郎は手甲をはずしながら、

「弥吉はどんな塩梅だい？」

と番頭に訊いた。

「あいかわらず熱があるようで、夕飯もほんの少ししか召し上がりませんでした」

「そうかい。……帰りが遅くなって、番頭さんには迷惑をかけちまったな」

「どういたしまして。ほかに何か御用はございませんか」

「いや」

「では手前はこれで失礼いたします。お休みなさいまし」

一礼して、番頭が出ていった。伊三郎は脚絆をはずして足袋をぬぐと、裸足のまま廊下に出た。部屋の正面に階段があった。伊三郎は足音をしのばせて階段を上っていった。

弥吉の部屋の襖の隙間から明かりが洩れている。

伊三郎はそっと襖を開けて、中の様子をうかがった。弥吉の荒い息づかいが聞こえてくる。襖を引き開けて部屋の中に入り、枕辺に腰をおろして弥吉の寝顔を

のぞき込んだ。額から滝のように汗がしたたり落ちている。昼間より容態が悪化していることは、一目でわかった。

「弥吉」

低く声をかけると、弥吉がふっと目を開けた。

「――伊三郎さん」

「たったいま、もどってきたところだ」

「お絹には……、お絹には会えたんですかい」

弥吉が訊いた。声がかすれている。

「あいにく、ほかの客の座敷についていて、お絹には会えなかったが……」

むろん、これは弥吉を安心させるための方便である。

「姉のお恵に会って話を聞いてきたぜ」

「お恵に……？」

「お絹は達者で働いてるそうだ」

「そうですかい」

弥吉の顔に安堵の笑みがこぼれた。

「おめえのことも伝えておいたぜ。旅の途中で怪我をして新町宿で養生してるが、怪我が治りしだいお絹に会いに行くとな」

「で、お恵は何といっておりやした？」

一瞬、伊三郎は返答につまった。別れぎわにお恵がいったのは「弥吉さんによろしく」の一言だけだった。その言葉の裏には、お絹が身請けされた事情を弥吉に「よろしく」伝えてくれという意味がこめられていたのだが……、

「おめえが会いにきてくれたら、お絹もさぞよろこぶだろうと……。お恵がそういってた……」

口ごもりながら、伊三郎は嘘をついた。

「そうですかい。お絹のよろこぶ顔が……、目に浮かぶようですよ」

弥吉は目を細めてつぶやいた。

「もう一つ吉報がある」

「へい？」

「例の包みの受け渡しの件だがな。松崎数馬の到着が一日二日早まるかもしれねえと、『井筒屋』の女中がいっていたぜ」

「すると……、早ければ明後日(あさって)には……」

「それまでに怪我が治ればいいんだが、具合はどうなんだ？」

「右の太股がぱんぱんに腫れちまいやしてね。前より痛みはひどくなったようで」

「そうか」

伊三郎は蒲団をめくって、弥吉の下肢に目をやった。太股に巻きつけられた手拭いが血で真っ赤に染まっている。

「手拭いを替えたほうがいい。代わりはあるのか」

「へい。振り分けの中に」

伊三郎は振り分けの小行李の中から新しい手拭いを取り出すと、弥吉の太股の手拭いをほどいて傷口を見た。思いのほか深い傷だった。長さは七、八寸（約二十一～二十四センチ）。深さは三寸（約九センチ）ほどあろうか。めくれた肉の奥に白い骨がのぞいている。出血は一向に止まる気配がなかった。

伊三郎は新しい手拭いを傷口に巻きつけて立ち上がった。

「この時刻ならまだ薬屋が開いてるかもしれねえ。血止めの塗り薬を買ってくる」

「伊三郎さん」

弥吉が顔をひねって、伊三郎を見あげた。

「何から何まで……、ご厄介をおかけしちまって……、お礼の言葉もございやせん」

そういって、弥吉は声をつまらせた。見開いた目が涙でうるんでいる。

「礼にはおよばねえさ」

笑みを投げかけて、伊三郎は部屋を出ていった。

階段を下りて入口の土間のくぐり戸から表に出た。先刻より人の流れはやや少なくなったものの、宿場通りの明かりはおとろえる気配を見せなかった。

盛り場の一角に小さな生薬屋があった。軒先に「四つ目結び」の看板が下がっている。これは媚薬や精力剤をあつかっていることを示す看板である。この手の生薬屋は、遊び客を相手にしているので、夜中も店を開けているのが常だった。

腰高障子を開けて、中に入った。入るとすぐ二坪ほどの土間になっており、奥に板間があった。正面に大きな衝立、左側の壁ぎわに薬簞笥がおいてある。

「いらっしゃいまし」

衝立の陰から、あるじらしき四十年配の男が出てきた。

「血止めの薬をもらいてえんだが」

「かしこまりました」

あるじは薬箪笥の小抽出しから蛤の貝殻につめた塗り薬を取り出し、紙につつんで差し出した。値段は百文。銭を払って包みを受け取ると、伊三郎はふと思い出したように、

「本庄宿に医者はいるかい？」

と訊いた。

「はい。山内源庵という先生がおりますが……」

応えながら、あるじは眉宇をよせて、

「お高うございますよ、あの先生は」

「治療代が高いということか」

「ええ。何でも以前は高崎藩の藩医をつとめていたそうで。腕はよいのですが、相場の二、三倍の治療代を取るといううわさです」

「ほかに医者はいねえのかい」

「いれば宿場の住人も高い治療代を払わずにすむんですがねえ」

「地獄の沙汰どころか、病の沙汰も金しだいってわけか」

「まったく、住みにくい世の中になったものです」

苦笑するあるじに軽く会釈して、伊三郎は店を出た。

第四章　裏切り

1

部屋の中に、朝の寒気がぴんと張り詰めている。

伊三郎は白い息を吐きながら身支度をととのえていた。朝食の膳を運んできた女中が、いつもの年より十日ほど早く初霜がおりました、といっていたが、たしかに今朝の冷え込みはきびしかった。晩秋というより、もう冬の気配がしのび寄っている。

手甲脚絆をつけ、三度笠と引廻しの合羽を小わきにかかえると、伊三郎は二階の弥吉の部屋をたずねた。

弥吉は蒲団にくるまって昏々と眠っていた。あいかわらず熱があるそうだ。額にべっとりと汗が浮いて、苦しそうな息づかいをしている。

伊三郎は、そっと蒲団をめくって弥吉の太股をのぞき見た。傷口に巻きつけた手拭いが血で真っ赤に染まっている。昨夜、生薬屋で買ってきた血止めの薬を傷口に塗ってやったのだが、ほとんどその効果はなかった。

弥吉が鮎川上流の山中で熊に襲われてから二日がたっている。その二日間、太股の傷の出血は一時たりとも止まらなかった。弥吉の体からは、すでにかなりの血が失われているにちがいない。それほどの重傷を負いながら、弥吉がかろうじて命をとどめているのは、許嫁のお絹に一目だけでも逢いたいという執念にほかならなかった。

（だが……）

伊三郎は暗澹と首をふった。

弥吉の心のよすがともいうべきお絹は、倉賀野の貸元・唐五郎に身請けされ、囲い者になっているのである。もし弥吉が真実を知ったら、おそらくその瞬間に、命の炎も燃えつきるであろう。

「う、うう……」

弥吉が苦しげにうめきながら寝返りを打った。そのはずみで枕が倒れ、下から四角い桐油紙の包みがころがり出た。

伊三郎は包みを手に取ってしみじみと見た。この包みを松崎数馬という侍に届ければ、五十両の礼金がもらえる。弥吉はその五十両でお絹を身請けするつもりだったのだ。

しかし、弥吉の夢は無残についえた。お絹が唐五郎の囲い者になってしまったいま、包みそのものが何の意味も持たなくなったのである。と同時に、危険を冒してそれを松崎数馬に届けなければならない理由も失せていた。

（さて、どうしたものか）

弥吉の寝顔を見つめながら、伊三郎は深く吐息をついた。縁もゆかりもない行きずりの男とはいえ、このまま弥吉を見捨てて旅立つわけにはいかなかった。

（本庄宿から医者を連れてくるか）

昨夜、生薬屋のあるじから聞いた医者の名が、伊三郎の脳裏をよぎった。

――山内源庵。

腕のいい医者だが、治療代は相場より二、三倍高いという。貧しい者にとっては最悪の医者だが、金持ちにとっては使い勝手のよい医者なのだろう。

そこで伊三郎が考えたのは、例の包みを松崎数馬という侍に届けて五十両の礼金をもらい、その金を弥吉の治療代に充てようという算段であった。お絹の身請け金に当て込んでいた五十両で命が助かれば、弥吉自身も本望だろうし、何よりも五十両の金が〝死に金〟にならずにすむのである。

とにかく一日も早く、いや一刻も早く弥吉という厄介な荷物から解放されて、新町宿を離れたかった。それが伊三郎のいつわらざる心境だった。

昼少し前に旅籠を出て、宿場の東はずれの一膳めし屋で早めの中食をとると、伊三郎は本庄宿にむかって中山道を南下した。

松崎数馬の倉賀野到着が一日二日早まったとすれば、今日あたり本庄宿に着くはずである。本庄宿には飯盛旅籠四十軒のほかに、一般の旅客が宿泊する平旅籠が十七軒あった。その一軒一軒を当たっていけば、松崎数馬の所在を突きとめることができるかもしれない。

空はよく晴れている。

真綿をちぎったような雲がゆったりと流れてゆく。

風はなかったが、乾いた空気は肌を刺すように冷たかった。

神流川の橋を渡ってしばらく行くと、街道の左手に道祖神を祀った古い祠が見えた。きのう、坂部重四郎が八重という娘に討たれた場所である。

坂部の死骸は、新町宿の宿役人が片づけたのであろう。祠の石段の上には、乾いてどす黒くなった血だまりが残っていた。伊三郎は三度笠の奥からそれを横目に見ながら、足早に祠の前を通りすぎた。

坂部重四郎の目的は、遠州掛川で暮らしている妻子に金を残してやるために、弥吉から例の包みを奪うことにあった。しかし坂部はその目的を果たせぬまま死んでいった。

――さぞ心のこりだっただろう。

そう思いつつも、坂部の「死」に関しては何の感情もわかなかった。

人間は死んだらただの屑となって腐れ果てていくだけである。そんなものに哀惜や憐憫の情は無用だった。樹木の葉が枯れ落ちて土に還るのと同じように、人間も死ねば腐れ果てて土に還る。それだけのことなのだ。

昼八ツ（午後二時）ごろ、本庄宿に着いた。

宿場の西側には四十軒の飯盛旅籠が立ちならび、昼間から猥雑な喧騒が渦巻いていた。

伊三郎は足早に雑踏をぬけて商家街に出た。

通りの両側には蚕卵紙や生絹、太織などを商う大小の商家が軒をつらねている。平旅籠街はそこから半丁（約五十五メートル）ほど先にあった。

とある旅籠屋の前にさしかかったときだった。突然、中から強面の男が四人、ずかずかと出てくるや、困惑気味に戸口で立っている番頭ふうの男に、

「頼んだぜ」

と居丈高にいいおいて、大股に立ち去っていった。

破落戸ふうの三人の男をしたがえているのは、鳶茶の羽織に桟留縞の着物、浅黄の股引きをはいた髭の濃いずんぐりとした男だった。腰に素十手（房のない鉄の十手）を差しているところを見ると、土地の目明しのようだった。

四人は傲然と肩をゆすりながら、すぐとなりの旅籠屋に入っていった。

（宿改めか）

伊三郎は直観的にそう思った。

本庄宿も倉賀野の唐五郎の縄張りである。四人の目的が松崎数馬の探索であることは疑うまでもなかった。昨夜、倉賀野の料理茶屋で、唐五郎が「すでに手くばりはしてありやす」と西尾甚内にいったのは、あの四人の男たちのことだったのである。

目明しの名は、留蔵。もともとは唐五郎一家の身内だったが、唐五郎が岩鼻陣屋の手代を金で抱き込んで、本庄宿の目明しに取り立ててもらったのである。

伊三郎はゆっくり歩を進めながら、留蔵たちの動きを目で追っていた。そのかたわらを塗笠をかぶった旅装の武士が足早に通りすぎていったが、三度笠の下の伊三郎の視界には入らなかった。

本庄宿の北に利根川が流れている。

一名・坂東太郎。日本最大の流域を誇る大河である。

その利根川べりに、戸数十七、八軒ほどの小さな集落があった。土地の人々はその集落を血洗島と呼んでいる。いかにも禍々しい地名だが、由来は定かではない。後年、この地で明治の大実業家・渋沢栄一が生まれている。

集落の南はずれに『お泊り処・桑野屋』の看板を下げた藁屋根の大きな家があった。養蚕農家と木賃宿を兼業する家である。

家の前の空き地で、のんびりと餌をついばんでいた数羽の鶏が、ふいに羽音を立てて逃げ散った。人の気配に驚いたのである。そこへ小走りにやってきたのは、先刻の旅装の武士だった。武士は息をはずませて家に駆け込んだ。

中に入ると広い土間があり、奥に十畳ほどの板間があった。

板間の中央には大きな囲炉裏が切ってあり、赤々と炎が燃え立っていた。自在鉤にかけられた鉄瓶がしゅんしゅんと音を立てて湯気を噴き出している。

囲炉裏のまわりで二人の武士が茶を飲んでいた。一人は四十がらみの半白頭の武士、もう一人は二十二、三の若い武士である。旅装の武士が二人の前に腰を下ろすなり、

「どんな様子だった?」

半白頭の武士がせき込むように訊いた。

「案の定です。宿場の目明しが宿改めをしておりました」

塗笠をはずしながら、旅装の武士が応えた。歳は二十五、六。眉目のととのった端整な面立ちをしている。左眉の上の小さな黒子が、渦中の人物「松崎数馬」であることを示していた。半白頭の武士は、越後長岡藩の江戸詰め勘定改方・平岡幸右衛門、もう一人の若い武士は、平岡の配下の三杉清一郎である。

「西尾が手をまわしたに相違あるまい」

平岡が苦々しい顔でいった。

横目頭の西尾甚内が例の書類を奪還するために、配下の川浪軍次郎と大場外記

を従えて国元を出たという情報は、すでに江戸を発つ前に三人の耳に入っていた。

用心のために宿場の旅籠を避けて、血洗島の木賃宿に泊まろうといい出したのは平岡だった。その安全策がずばり的中したのである。

「国元の同志と接触させぬために、われわれを抹殺する魂胆でしょう」

怒りをあらわにして数馬がいった。

「ということは……」

三杉清一郎が飲みかけの湯呑みを囲炉裏のふちにおいて二人の顔を見た。

「滝沢さまたちが無事に倉賀野にむかっているという、何よりの証です」

「うむ」

数馬がうなずいた。滝沢とは、次席家老・塚田六郎左衛門が江戸に差し向けた密使の一人で、徒士頭をつとめる滝沢郡兵衛のことである。しかしその滝沢が配下の酒井辰之助、荒木文之進とともに、信州の和美峠で斬殺されたことを、三人はまだ知らなかった。

「一行の消息はともかく、西尾一味がわれらの行方を探しているとなると、少なくともあの書類が西尾の手に渡っていないことだけは確かだ」

数馬の言葉を受けて、

「こたびの任務には、わが藩の存亡がかかっておる。何としてもあの書類を江戸に持ち帰り、宿老・安藤主膳とその一派を失脚に追い込まねば、わが藩の将来はあるまい」

厳しい表情で平岡がいった。

越後長岡藩は、七万四千石の譜代中藩である。

元和四年（一六一八）に牧野忠成が入封、以後二百五十余年、十三代にわたって牧野氏が在封した。

代々の藩主が新田の開拓や検地につとめてきたために、本来、長岡藩は裕福な藩だったが、幕末期になって財政が急激に悪化、藩庫は枯渇の一途をたどっていった。

その原因は、藩領を流れる信濃川にあった。この大河は灌漑用水として農地をうるおす一方、ひとたび暴れ出すと悪鬼のように牙を剝いて農民に挑みかかるのである。

長岡藩の新田開拓の歴史は、信濃川との闘いの歴史でもあった。

ざっと数えただけでも寛文十年（一六七〇）から慶応三年（一八六七）までのおよそ二百年間に、二万石以上の甚大な被害をおよぼした水害が四十回も発生している。すなわち五年に一度は大洪水に見舞われるという勘定である。

そのしわ寄せは、過重な租税となって領民にはね返った。

年貢の取り立ては苛斂誅求をきわめた。だが、それにもかかわらず藩の財政は逼迫の一途をたどり、ついには領内の御用商人から御才覚金、御貸上金、御充金、御頼金などの名目で借金を重ねるようになった。

記録によると、慶応末（一八六八）までに長岡藩が御用商人から借り上げた金は、五十数万両におよんだという。そうした泥縄式の借金財政を、むしろ積極的に施行してきたのが、筆頭家老の安藤主膳だった。

安藤の借金政策は、金を借り上げた御用商人に、藩が開拓した新田を担保として与えるという手法だった。もとより藩に返済能力がないのだから、御用商人にとっては格安で藩の土地を払い下げてもらったも同然だった。

しかも、安藤は借り上げ金の一割を帳簿外の裏金として、御用商人から直接徴収していたのである。つまり五千両を借り上げると、五百両の金が安藤のふところにころがり込む仕組みになっていたのだ。

そうやって得た巨額の裏金で、安藤は藩内の重役たちを抱き込み、長岡七万四千石の藩政をほしいままに壟断してきたのである。

そして、それを許してきた責任の一端は、当代（十代）藩主・牧野忠雅にあった。

弱冠二十八歳で江戸城桜田門勤番を拝命した忠雅は、その後、奏者番、寺社奉行、京都所司代と幕府の要職を歴任、公務多忙のために領国に帰ることがなかったからである。

ちなみに六年後の天保十四年（一八四三）十一月、牧野忠雅は老中に任じられ、老中首座・阿部正弘の片腕となって海防掛かりを担当している。

中央政界では、かくも目ざましい活躍を見せた忠雅だったが、公務繁多ゆえに自国の政治には目がとどかなかったのだろう。

長岡藩の藩政は、事実上、安藤主膳の手に全権がゆだねられていた。

そんな安藤の専横に危機感を抱いた次席家老・塚田六郎左衛門は、麾下の勘定方役人に安藤の身辺を徹底的に調べさせた。その結果、安藤と御用商人のあいだで取り交わされた「念書」の存在を突き止め、秘密の手づるを使ってそれを入手したのである。

その「念書」こそが横目頭の西尾たちが躍起(やっき)になって奪還しようとしている書類だったのだ。

2

目明しの留蔵たちが、宿場内の十七軒の平旅籠の「宿改め」を終えたのは、七ツ（午後四時）ごろだった。

これといった手がかりが得られなかったらしく、留蔵は浮かぬ顔で三人の手下を引き連れて居酒屋に入っていった。物陰でその様子を見ていた伊三郎は、やや間をおいて何食わぬ顔で居酒屋の縄のれんをくぐった。

奥の席で留蔵たちを待ち受けていたのは、長岡藩の横目・大場外記と四人の浪人者だった。その四人の中に、見覚えのある顔があった。先夜、一ノ宮宿の旅籠『上総屋』に踏み込んできた二人の浪人である。

伊三郎は戸口ちかくの壁ぎわの席に腰を下ろした。ちょうどそこには太い柱が立っており、奥の席からは死角になっていた。注文をとりにきた小女に燗酒(かんざけ)を頼むと、伊三郎は三度笠と合羽をぬいで、あらためて店の中を見まわした。

斜向(はす)かいの席で、旅の渡世人らしき男が一人、黙然(もくぜん)と猪口(ちょこ)をかたむけていた。歳は二十六、七だろうか。眉が太く、きりっと鼻すじの通った男前だが、切れ長な目の奥に冷たい光が宿っていた。顔立ちがととのっているだけに、その冷徹ともいうべき目つきがひときわ凄味をおびて見えた。

男がふっと顔をあげた。その瞬間に目と目が合った。

どうやら伊三郎がこの店に入ってきたときから、男のほうも伊三郎を意識していたようである。男の目がそう語っていた。互いに相手の存在を意識した場合、無言裡(り)に挨拶をかわすのが渡世人の作法であった。男がちらりと目顔で会釈(えしゃく)した。伊三郎も会釈を返して視線をそらせた。

ほどなく小女が燗酒を運んできた。それを猪口についでなめるように飲みながら、伊三郎はさりげなく奥の席の様子をうかがった。

大場外記と留蔵が額を寄せるようにして、何やらひそひそと話し込んでいる。留蔵の三人の手下と四人の浪人者は一言も発せず、黙々と猪口をかたむけていた。

ややあって、斜向かいに座っていた男が、卓の上に酒代をおいて立ち上がり、三度笠と道中合羽を小わきにかかえて大股に店を出ていった。伊三郎は知らなかったが、男は倉賀野の唐五郎一家の代貸（だいがし）・丈八（じょうはち）だったのである。

入れちがいに、手拭（てぬぐ）いで頬かぶりをした小男が、こそこそと入ってきた。継ぎはぎだらけの粗末な着物をまとった百姓ていの男である。男は留蔵のもとに歩み寄ると、ぺこりと頭を下げて何事か耳打ちした。

留蔵はにやりと笑って男の手に小銭をにぎらせた。男は深々と頭を下げて足早に店を出ていった。それを見送ると、留蔵は大場外記の耳元で一言ふた言ささやいた。大場の顔にも会心の笑みがこぼれた。

「よし」

とうなずき、四人の浪人に何か指示を与えた。

「心得た」

応えたのは、肩の肉が盛り上がった猪首（いくび）の浪人・広田である。と同時に、三人の浪人がいっせいに腰を上げ、広田のあとについて店を出ていった。大場外記と留蔵、三人の手下は席に残ったままである。

四人の浪人が出ていくのを横目に見ながら、伊三郎は卓の上に酒代をおいて三度笠をかぶり、振り分け荷物と道中合羽をかかえて、ゆっくり店を出た。

一歩外に出るなり、伊三郎はすばやく視線をめぐらして四人の浪人の姿を探した。七、八間（約十三〜十五メートル）先の雑踏の中にその姿があった。四人は北にむかって歩いていた。

伊三郎は人込みにまぎれて、見え隠れに四人のあとを跟けた。

すでに灯ともしごろになっていた。

ちらほらと明かりが灯りはじめた盛り場の辻角を、四人の浪人は右に曲がっていった。地元の人々が「稲荷横町」と呼ぶ、幅三間（約六メートル）ほどの路地である。この路地の両側にも飲み食いを商う小店がひしめくように軒をつらねていた。

路地の突き当たりに、町名の由来となった小さな稲荷社が立っていた。拝殿の前に数本の灯明が供えられている。その稲荷社の前を通りすぎてしばらく行くと景色は一変し、視界一面に広大な田園風景が広がった。

刈り入れが終わって、稲株だけを残した田圃や、蕎麦・麻・桑木などの畑が地平の彼方まで広がり、ところどころに雑木林が点在している。冬枯れの荒涼たる景観である。

四人の浪人は田畑につづく一本道を、北西の方向にむかって歩いていった。その十間（約十八メートル）ばかり後方を、三度笠を目深にかぶった伊三郎がひたひたと跟けてゆく。刻々と深まる夕闇が伊三郎の尾行を容易にした。

四半刻（三十分）ほど歩くと、夕闇の奥に蛍火のようにゆらめく灯影が見えた。

血洗島の集落の明かりである。あちこちの屋根から細い炊煙が立ちのぼっている。

四人の浪人は、集落にむかって足を速めた。伊三郎は逆に歩度をゆるめた。いつの間にか四人との距離がかなり縮まっていた。これ以上接近したら気づかれる恐れがある。伊三郎は集落の入口付近の大欅の陰に身をひそめて様子をうかがった。

四人の浪人は、大きな藁屋根の家の戸口で足をとめた。平岡幸右衛門・松崎数馬・三杉清一郎が泊まっている『桑野屋』という木賃宿である。

四人は戸口の前で短く言葉を交わし合うと、いきなり引き戸を開けて家の中に乱入していった。と同時に、悲鳴や叫喚がわき起こり、板敷きを踏み鳴らす音、物が倒れる音、襖を蹴破る音などがひびいてきた。

「逃げたぞ！」

「裏だ！」

「追え！」

浪人たちの怒声が飛び交った。伊三郎はとっさに身をひるがえして、『桑野屋』の裏手にむかって走った。

薄闇の奥に青々と葉をしげらせた林が見えた。孟宗竹の竹林である。その竹林の奥からするどい金属音がひびいてきた。刀刃を交える音だった。線香花火のように赤い火花が飛び散り、五、六人の影が入り乱れて斬り合っている。

密生する孟宗竹のあいだを、伊三郎はぬうようにして走った。

「な、なんだ、貴様！」

浪人の一人が振り向きざま、横殴りの斬撃を送りつけてきた。が、そこに伊三郎の姿はなかった。空を切った浪人の刀刃が、孟宗竹をザクッと輪切りにした。

太さ五寸（約十五センチ）、高さ三丈（約九メートル）もあろうかという孟宗竹が、ザザザッと音を立てて倒れかけたときには、もう伊三郎は浪人の背後にまわり込み、抜きつけの一刀を浪人の背中に浴びせていた。

悲鳴を聞きつけて、二人目が猛然と駆けつけてきた。

「おのれ、邪魔立てするか！」

刃うなりをあげて刀が振り下ろされた。上段からの叩きつけるような一刀である。伊三郎はわずかに上体をそらせて切っ先を見切った。三度笠のふちに裂け目が走った。

刀は孟宗竹の節に食い込んでいた。浪人は必死に引き抜こうとしている。伊三郎の長脇差がその浪人の首を逆袈裟に薙ぎあげた。切り裂かれた首の血管（ちくだ）から音を立てて血が噴き出した。

伊三郎は道中合羽をひるがえして、竹林の空間を横ざまに走った。

五、六間先で三つの影が激しく斬り合っている。その影の一つが伊三郎の姿に気づき、クルッと背を返して刀を中段にかまえた。一ノ宮宿の旅籠に踏み込んできた瘦（や）せぎすの浪人だった。伊三郎は臆するふうもなく、まっしぐらに突き進んだ。

「貴様！」

浪人が刀を振りあげた。が、一瞬速く、伊三郎の諸手（もろて）突きの長脇差が、浪人の胸を深々とつらぬいていた。得意の刺突の剣である。浪人は声もなく仰向けにころがった。

いつの間にか、残る影は一つになっていた。肩の肉が盛り上がった猪首の浪人・広田だった。伊三郎が接近するのを待たず、広田が地を蹴って突進してきた。

「死ねッ！」

広田が刀を振り下ろすのと、伊三郎の長脇差が一閃するのが、ほぼ同時だった。二人の体が交差し、それぞれ一間（約二メートル）ほど前に跳んで踏みとどまった。

数瞬、二人の動きが静止した。まるで齣止めの映像のように、両者とも背をむけ合ったまま、微動だにしない。息づかいさえも止まっているかに見えた。

竹林の中を一陣の風が吹き抜けた。笹葉がざわざわと騒いだ。

どさっ。

音を立てて、先に崩れ落ちていったのは広田だった。その音を背中に聞きながら、伊三郎は長脇差の血ぶりをして鞘におさめ、ゆっくり背後を振り返った。

広田が異様に体をねじらせて倒れていた。脇腹がざっくり切り裂かれて、血みどろの内臓が飛び出していた。

伊三郎の目がふと一方を見た。二間（約四メートル）ばかり先に、血まみれの武士が倒れていた。歩み寄って見ると、かすかに息があった。二十二、三の若い武士である。伊三郎はかがみ込んで武士の上体をかかえ起こした。胸や腹をめった斬りにされ、傷口からおびただしい血が流れ出している。

「お侍さん」

声をかけると、武士がうっすらと目を開けた。三杉清一郎だった。

「もしや、お侍さんは、松崎数馬というお人じゃ……？」

「わたしは……、三杉、三杉清一郎と申すものです」

「長岡藩の江戸詰めのお侍さんですかい？」

伊三郎が問いかけると、三杉はこくりとうなずいて、

「平岡さんと……、松崎さんは……？」

しぼり出すような声で訊き返した。

「お仲間のことですかい？」

三杉が弱々しくうなずいた。伊三郎は三度笠を押し上げて、あらためて周囲の草むらを見まわしてみたが、それらしい死体は見当たらなかった。

「その二人は無事に逃げたんじゃねえでしょうか」

伊三郎がそういうと、三杉はふっと安堵の笑みを浮かべて、静かに目を閉じた。その顔からみるみる血の気が失せて、唇までが紙のように白くなった。そして、閉じた目は二度と開かなかった。眠るようにおだやかな死に顔であった。伊

三郎は三杉の体を枯れ草の上に横たえると、亡骸に手を合わせて、ゆっくり立ち上がった。

竹林を出たところで、伊三郎の足がはたと止まった。

三度笠の下の目が『桑野屋』の裏手の納屋にむけられていた。その視線の先に、薪の束を納屋に運び込んでいる頬かぶりの男の姿があった。先刻、本庄宿の居酒屋で目明しの留蔵に何事か耳打ちしていた男だった。

気配に気づいて、男が不審げに振り向いた。そこに伊三郎が立っていた。

「何か御用ですかい？」

男が警戒するような目で伊三郎を見た。見るからに貧相で、卑しい目つきをした中年男である。

「おめえさん、この家の者かい？」

「はい。下働きの者で」

「江戸からきた三人の侍を、本庄宿の目明しに売ったのは、おめえさんだな」

「だ、出しぬけに何をいうんですか！」

男の声が上ずった。顔が引きつっている。

「白を切っても無駄だ。宿場の居酒屋で、おめえが目明しに差口（密告）しているところを、この目でしっかり見てたんだぜ」

「そ、それは手前じゃありません。きっと誰かのまちがいです！」

わめくなり、男は両手にかかえていた薪の束を放り出して翻身した。だが、それより速く伊三郎の手が伸びて、男の襟首をわしづかみにしていた。

「ひっ！」

男が悲鳴をあげてのけぞった。

「訊きてえことがある。こい」

男の襟首をつかんだまま、引きずるようにして、男を竹林の中に連れ込んだ。

「か、勘弁してください。知ってることは何でもお答えします。い、命だけはお助けください！」

男は泣き出さんばかりに土下座した。三度笠の下の伊三郎の目が、男を冷ややかに見下ろしている。

「まず、おめえの名を聞いておこうか」

「茂助と申します」

「本庄の目明しからは、いくらもらった」

「小粒（一分金）を一個……」

「それ以外にも別口から礼金が入ったんじゃねえのか」

「べ、別口！」

茂助の顔が凍りついた。

3

街道はすっかり夜の闇につつまれている。だが、まったくの闇ではなかった。降るような星明かりが、街道を青々と照らし出している。

伊三郎は一路、新町宿にむかって旅を急いでいた。

六ツ半（午後七時）ごろには、新町宿の旅籠『吾妻屋』にもどるつもりだったのだが、血洗島からの帰り、ふたたび本庄宿に立ち寄って山内源庵という医者の家を訪ねたので、予定より半刻（一時間）ほど帰りが遅くなってしまったのだ。

山内源庵に、弥吉の怪我の具合を説明し、治療にかかる費用を聞いたところ、出療治の足代込みで三十両はかかるという。うわさどおり法外な金を取る医者だったが、弥吉の命が助かるのなら、金には換えられまい。

問題は、松崎数馬という侍の行方である。四人の浪人の急襲をうけながら、松崎数馬はからくも危地を脱して逃走した。その数馬を一刻もはやく探し出して、例の書類を金に換えなければならない。

礼金の五十両が手に入れば、治療代に三十両を充てたとしても、残りの二十両で弥吉は当分のあいだ旅籠で養生することができるだろう。

あれこれ思案しているうちに、闇の彼方に新町宿の町明かりが見えてきた。

旅籠『吾妻屋』の大戸はすでに下ろされていた。くぐり戸から中に入ると、伊三郎は自分の部屋で旅装を解き、二階の弥吉の部屋をたずねた。

弥吉は蒲団にくるまって昏々と眠っていた。あいかわらず顔には玉のような汗が浮いている。伊三郎は蒲団をめくって弥吉の太股を見た。傷口に巻いた手拭いが血でぐっしょりと濡れている。

「弥吉」

耳元で声をかけてみたが、目を覚ます気配はまったくなかった。心なしか寝息も弱くなったような気がする。

（あと一日、二日が山だな）

腹の中でそうつぶやきながら、伊三郎は部屋を出た。階段を下りたところで、

「伊三郎さん」

ふいに帳場の奥から声がかかり、手燭を持った番頭が出てきた。

「つい先ほど、お葉さんという人がたずねてまいりまして」

「お葉！」

倉賀野宿の旅籠『井筒屋』の女中である。お葉がわざわざ新町宿までたずねてきたということは、松崎数馬と連絡がとれたのかもしれない。伊三郎は瞬間的にそう思った。

「今夜じゅうに、ぜひ伊三郎さんにお会いしたいとおっしゃっておりましたが」

「で、お葉はどこにいるんだい？」

「真勝寺でお待ちしていると」

「寺で？」

「宿場の旅籠がどこも一杯で、やむなく真勝寺の宿坊に泊まることにしたそうです」

真勝寺は、新町宿から南西に十丁（約一キロ）ほど行った森の中にある天台宗の古刹である。

番頭に礼をいって部屋にもどり、伊三郎はふたたび身支度をととのえて外に出た。三度笠はかぶらず、道中合羽を引き廻しただけの身ごしらえである。

宿場通りのにぎわいを尻目に、伊三郎は西をさして足を速めた。

棒端をすぎて半丁（約五百メートル）ほど行ったところに、左に折れる脇道があった。その道をさらに十丁ほど行くと、番頭に教えられたとおり、道の左手にこんもり繁る森が見えた。

森の手前に茅葺屋根の古色蒼然とした山門が立っていた。

山門の扁額に『照延山・真勝寺』とある。山門から森の中に石畳の参道が伸びており、その奥に真勝寺の伽藍や塔頭、堂宇が黒々と影をつらねていた。

山門をくぐって、石畳の参道に歩を進めた瞬間、伊三郎ははたと足をとめて、周囲の闇を見まわした。棘のような殺気を感じたのである。と、ふいに……、

「待ってたぜ」

だみ声とともに、参道のわきの木立の陰から数人の影が飛び出してきて、伊三郎の前に立ちはだかった。星明かりに浮かび立ったその影たちは、本庄宿の目明し・留蔵と長岡藩横目・大場外記、そして留蔵の三人の手下たちだった。

伊三郎は驚く素振りも見せず、平然と五人の顔を見た。

「これはいったいどういうことなんで」

「伊三郎といったな？」

誰何したのは、大場外記だった。陰気で嫌な目つきをした男である。

「お侍さんは……」

「長岡藩横目、大場外記」

「あっしに何の用があるというんで？」

「弥吉と申す渡世人の居所を教えてもらおうか」

「あいにくだが、あっしは何も知りやせん。……それより、お葉はどこにいるんですかい？」

「ここにいるぜ」

留蔵が応えると同時に、手下の一人が老杉（ろうさん）の幹の陰から、荒縄でうしろ手にしばられ、口に猿ぐつわを噛まされたお葉を引っ立ててきた。

「なるほど、そういうことだったのかい」

「弥吉の居場所に案内してもらおうか」

「何度もいうようだが、あっしは……」

「知らねえとはいわせねえぜ！」

留蔵が癇性（かんしょう）な声を張り上げた。もう一人の手下がいきなり匕首（あいくち）を抜き放ち、お葉の喉元にぴたりと切っ先を突きつけた。

「弥吉がおまえの連れであることは、藤岡の伝兵衛から聞いている」

大場がいった。

「連れの居場所を知らぬわけはあるまい」

「…………」

「まさか、この女を見殺しにするつもりじゃねえだろうな」

留蔵の顔に残忍な笑みがにじんだ。その笑みが単なる脅しでないことを如実に語っていた。

「わかった。この男ならためらいもなくお葉を殺すにちがいない。

そういって、伊三郎が背を返そうとすると、

「待ちな」

留蔵が呼びとめた。

「その前に、おめえの長脇差を預からせてもらおうか」

「長脇差を？」

「念のためにな」

留蔵は不敵に笑ってみせた。獰猛な顔つきをしているが、そのくせ敵に対しては必要以上に警戒心をいだく。いかにも目明しらしい小胆さである。

手下の一人が歩み寄って手を突き出した。長脇差を渡せという仕草である。

伊三郎は無言で腰の長脇差を引き抜き、右手で柄をにぎったまま、鞘のほうを男にむけて差し出した。どうやらその男は長脇差や刀のあつかいには不慣れなようで、不用意にも差し出された鞘を片手でつかんだ。

その刹那……。

伊三郎は長脇差の柄を引いた。鞘から抜けた刀身がきらりと一閃の銀光を放った。同時に、伊三郎は片手斬りに男の首すじを薙ぎあげていた。

一瞬何が起きたのか、大場たちには理解できなかった。

それほど伊三郎の動きは速かった。

道中合羽を翼のように広げて跳躍したかと思うと、お葉の喉元に匕首を突きつけている男を拝み打ちに斬り倒し、返す刀でお葉の右横に立っている男の脇腹を横一文字に切り裂いていた。その間、わずか寸秒。紫電の三人斬りである。

「て、てめえ！」

留蔵が匕首をぬいて猛然と突きかかってきた。

伊三郎は横に跳んで切っ先をかわすと、たたらを踏む留蔵の背中に、袈裟がけの一刀を浴びせて、すぐさま体を反転させた。

大場外記が斬り込んできた。上段からの斬撃である。間一髪、伊三郎は長脇差の峰で刀をはね上げ、そのまま宙で手首を返して叩きつけるように斬り下ろした。

　がつっ。

　鈍い音とともに、大場の首が高々と舞い上がり、伊三郎の頭上を飛び越えて参道の石畳に落下した。驚くべきことに、胴体だけがまるで別の生き物のようによろよろと歩いている。二、三歩前進したところで前のめりに倒れ込んだ。

　伊三郎は抜き身を引っ下げたまま、ゆっくり背後を振り返った。

　お葉が怯(おび)えるように立ちすくんでいる。伊三郎は無言で歩み寄り、お葉のいましめと猿ぐつわを断ち切ると、やおら石畳の上に落ちている匕首を拾い上げて、参道のわきの樹林めがけて投げつけた。

「うっ」

　闇の奥でうめき声がした。灌木(かんぼく)がゆれて、木立のあいだから黒影がよろけるように姿を現した。半白頭の四十がらみの武士だった。左太股に匕首が突き刺さっている。

　武士は崩れるように膝を折ってその場に座り込むと、太股の匕首を引き抜いて、弱々しく顔をあげた。

「おめえさんが、平岡か？」

抑揚（よくよう）のない低い声で、伊三郎が問いかけた。武士はかすかにうなずくと、観念したようにしずかに目を閉じた。松崎数馬や三杉清一郎とともに、血洗島の木賃宿『桑野屋』に宿泊していた平岡幸右衛門だった。

「『桑野屋』の茂助って下男が洗いざらい吐いたぜ」

「……………」

平岡は無言のままうなだれている。左太股の傷口から噴き出した血が、その膝元にたちまち血溜まりを作った。

「茂助の話によると……」

伊三郎が淡々と語る。

平岡と松崎数馬、三杉清一郎の三人が、血洗島の木賃宿『桑野屋』に宿りを求めてきたのは、今日の昼ごろだった。応対に出た番頭に、

「部屋は空いているか」

と平岡が訊いた。『桑野屋』の客のほとんどは、近郷近在から本庄宿に買い出しにやってくる小商人（こあきんど）や百姓、旅の行商人、行脚僧（あんぎゃそう）などで、武士が泊まるのはめ

ずらしいことであった。番頭は丁重に三人を部屋に案内した。

部屋に入るなり、松崎数馬だけが旅装も解かずに、ふたたび宿を出ていった。本庄宿の様子を探りに行ったのである。それから一刻（二時間）ほどして、数馬がもどってきた。直後、三人が囲炉裏をかこんで何やらひそひそと話し込んでいるのを、茂助は目撃している。しばらくして、三人はいったん部屋に入った。

茂助が風呂が沸いていることを告げに行くと、

「では、わしが先に」

といって、平岡が手拭いを下げて出てきた。

『桑野屋』の風呂場は母屋から離れた別棟にあり、宿泊客は渡り廊下を通って風呂場にむかうことになる。その渡り廊下にさしかかったとき、平岡がふいに足を止めて、

「本庄宿の目明しは何という男だ」

唐突に訊いた。

「留蔵さんといいますが」

茂助がそう応えると、平岡はたもとから小判を一枚取り出して茂助の手ににぎらせ、

「わしは長岡藩江戸詰めの平岡幸右衛門と申す。連れの二人は松崎数馬と三杉清一郎。わしらがこの宿に泊まっていることを、留蔵という男に伝えてもらいたいのだが」

「へえ。おやすい御用でございます」

住み込み奉公の茂助にとって、一両の金は半年分の給金に相当する大金である。断る理由は何もなかったし、客に頼まれたことを伝えるだけなのだから、うしろめたい気持ちもなかった。平岡の依頼を二つ返事で引き受けた茂助は、欣然(きんぜん)として本庄宿にむかった。

血洗島に四人の浪人者が姿を現したのは、それから半刻（一時間）後のことである。

4

「つまり……」

伊三郎が冷ややかな目で平岡を見下ろしながら、

「松崎数馬と三杉清一郎を大場に売ったのは、おめえさんだったたってわけだ」

そこまでが茂助から聞いた話の一部始終だった。

平岡は目を閉じたまま、貝のように押し黙っている。伊三郎の話を認める沈黙なのか、それとも無言の抵抗なのか、その表情から平岡の真意は読みとれなかった。

「ここからは、あっしの推量だが……」

伊三郎が語をついだ。あいかわらず抑揚のない、低い声である。

「四人の浪人者が『桑野屋』に踏み込んだとき、おめえさんは混乱にまぎれて真っ先に逃げ出した。そして、その足で本庄宿にむかい、目明しの留蔵と横目の大場外記に会った……」

平岡は、倉賀野宿の旅籠『井筒屋』で、例の「念書」の受け渡しをすることを松崎数馬から聞いて知っていたはずである。そして、受け渡しの仲介役をするのが『井筒屋』の女中・お葉であることも知っていたにちがいない。

平岡からその話を聞いた大場外記は、留蔵と三人の手下を連れて、すぐさま倉賀野に飛んだ。目的は、お葉から「念書」の受け渡しの詳細を聞き出すためである。むろん、平岡も同道した。

「そのあとのことは、おめえさんよりも……」

いいながら、伊三郎は背を返して、参道にたたずんでいるお葉に目をやった。

「あんたに訊いたほうがいいだろう」

お葉がためらうように二、三歩、歩を踏み出した。まだ恐怖から覚めやらぬのか、表情は固く、顔色も青ざめている。

「この人たちに脅されて……、わたしはすべてを話してしまいました。……数馬さまのことも、伊三郎さんがたずねてきたことも、何もかも……」

声がかすかに震えている。

「そのあげく、むりやり新町宿まで連れてこられたってわけか」

「伊三郎さんを、真勝寺におびき出すようにと……。断れば殺されると思って、仕方なくこの人たちのいいなりになったんです」

語尾がかすれて、嗚咽に変わった。大場たちに脅されたためとはいえ、結果的に伊三郎を危地におとしいれたことを、お葉は深く悔いていた。

「一つだけ、解せねえことがあるんだが……」

伊三郎は、参道のかたわらに座り込んでいる平岡を顧みた。

「おめえさん、なんで急に寝返る気になったんだい？」

平岡はうつむいたまま顔を横に振った。目は閉じたままである。一拍の間をおいて、ぼそりといった。

「急にではない。……江戸を発つときから腹を決めていたのだ」

「そのときから安藤派と通じていたということか」

「…………」

平岡がゆっくり顔をあげ、悪びれるふうもなく伊三郎を射すくめた。

「政事に善悪はない。要は力のある者が勝ち、ない者は負ける。それだけのことだ。わしには勝敗の帰趨が見えていた。塚田六郎左衛門どのがどうあがいても、藩内で多数を占める安藤主膳どのに勝てるわけはないのだ」

伊三郎はまったく表情を動かさず、黙って聞いている。

「勝ち目のない戦に加わって何の得がある？」

平岡が挑戦的な口調でいった。

「結局は、冷や飯を食わされて、惨めな思いをするだけだ。松崎数馬や三杉清一郎にはそれが読めなかった。いや、見えなかったのだ。おのれの将来の姿がな」

「小むずかしいことはわからねえが……」

伊三郎が口を開いた。

「はやい話、おめえさんは安藤一派と裏取り引きをしたんじゃねえのかい」

「戦に武功を立てれば、相応の報奨が与えられるのは当然のことだ。安藤主膳どのは勘定奉行の職を約束してくれた」

「それと引き換えに、仲間の二人を売ったというわけか」

「その方ごとき無宿者にはわからんだろうが、出世栄達は武士の本懐なのだ」

「汚ねえ」

伊三郎が唾棄するようにいった。

「汚なすぎるぜ、おめえさんたちのやり口は」

「政争にきれいも汚ないもあるまい。わしは勝ち馬に乗っただけだ。それより……」

平岡の目にきらりと老獪な光がよぎった。

「いまは持ち合わせがないが、江戸にもどりしだい、おまえのいい値どおりの金を送金する。それで手を打たぬか」

「手を打つ？」

「見逃してくれということだ」

「金なんか一文もいりゃせんよ」

「では、何が望みだ？」

「おめえさんの命だ」

「なに！」

「殺された三杉清一郎の供養のためにな」

「ほざくな！」

わめくと同時に、平岡が片膝立ちになって刀を鞘走らせた。横殴りの一刀である。伊三郎は跳躍してそれを躱すと、抜き身の長脇差を平岡の頭頂めがけて叩き下ろした。

鈍い衝撃音がした。平岡の頭蓋が砕け、血しぶきとともに白い脳漿があたり一面に飛び散った。伊三郎は反射的に跳び下がって返り血を避けると、刀身の血ぶりをして鞘におさめ、青ざめた顔で立ちすくんでいるお葉のもとに歩み寄った。

「いい知らせがある」

ぽつりといった。お葉はけげんそうに見返した。

「松崎数馬さんは、無事だぜ」

「――本当ですか」

「行方はわからねえが、無事に逃げたことだけは確かだ」

「そうですか」

ほっと安堵の表情を見せるお葉に、

「行こう」

と、うながして、伊三郎はゆっくり歩を踏み出した。

伊三郎とお葉が新町宿にもどったのは、五ツ半（午後九時）ごろだった。

不夜城のにぎわいを見せる本庄宿に較べると、新町宿の夜はやや物寂しい感がするが、それでも宿場通りのあちこちには飲み食いを商う小店の明かりが灯り、人の往来も少なくなかった。

新町宿には旅籠が四十三軒あり、そのうち大きな旅籠が十六軒、中が十軒、小が十七軒あった。その大半はすでに大戸を下ろしてっひっそり寝静まっていたが、戸を上げたまま夜旅の客の来着を待っている旅籠屋も何軒かあった。伊三郎とお葉が足を踏み入れたのはその一軒だった。宿の番頭に訊ねると、部屋は空いているという。

「では、わたしはここに泊まって、明日の朝はやく倉賀野にもどります」

お葉がいった。

「松崎さんが訪ねてきたら、すぐあっしのところへくるように伝えておくんなさい」

「はい」

「倉賀野には西尾甚内や唐五郎一家の目が光っているからな。くれぐれも用心するようにと……」

「わかりました。かならずそう伝えておきます」

「じゃ」

と一揖して、お葉に背を向けると、伊三郎は足早に立ち去った。

旅籠の数軒先に、提灯の明かりを灯した煮売屋があった。小窓から干魚を焼く煙が立ちのぼっている。その煙にさそわれるように、伊三郎はふらりと煮売屋に入っていった。昼から何も腹に入れていないので、急に空腹を覚えたのだ。

十人も入れば一杯になるような小さな店だった。しかも、中は極端に暗い。明かりは奥の柱にかけられた掛け燭だけである。現代人の視覚では、ほとんど闇といっていい暗さである。

店内には、分厚い杉板で作られた卓が四つほどならべてあり、そのまわりに腰掛け代わりの空き樽が七、八個、無造作においてあった。

壁ぎわの席で、汗臭そうな人足風体(ふうてい)の男が二人、茶碗酒を飲みながら声高にしゃべっている。客はその二人だけだった。伊三郎は戸口の空き樽に腰をおろして燗酒一本と漬物、そして、とろろ汁と麦めしを注文した。

ほどなく、店の亭主が盆に注文の品をのせて運んできた。

伊三郎は、まず徳利に手をつけた。猪口に酒を満たして一気に飲みほした。体が冷えきっているせいか、五臓六腑に酒がしみわたる。

またたくまに徳利が空になった。体が温まったところで、どんぶりの麦めしにとろろ汁をかけて、かき込むように腹に流し込んだ。

と、そのとき、がらりと腰高障子が開いて、二人の男が入ってきた。

伊三郎の目がちらりと動いた。一人は見覚えのある顔だった。

昼間、本庄宿の居酒屋で見かけた二十六、七の渡世人——唐五郎一家の代貸・丈八である。もう一人は三十なかばの隻眼(せきがん)の男である。細い紐(ひも)を通した天保通宝(てんぽうつうほう)で眼帯のように右目をおおっている。二人はそれぞれ別の旅籠に泊まっているらしく、着ている半纏(はんてん)の色も、その下の浴衣(ゆかた)の柄(がら)も明らかに別物だった。

丈八は伊三郎の姿に気づかず、隻眼の男をうながして奥の席に腰を下ろした。

伊三郎は急いでどんぶりに残った麦とろめしをかき込むと、卓の上に代金をおいて、何食わぬ顔で煮売屋を出ていった。

「で、親父さんの具合はどうなんだい？」

隻眼の男が、運ばれてきた酒を、丈八の猪口に注ぎながら訊いた。

「おかげさんで、だいぶよくなりやした」

丈八の父親は、武州深谷宿で野鍛冶の仕事をしていたが、二年ほど前にひどい痛風をわずらい、いまは仕事をやめて寝たり起きたりの暮らしをしていた。丈八はその父親の見舞いに行った帰りだったのだが……、

「わざわざ見舞いに行くほど重い病じゃなかったんですがね」

そういって、丈八は意味ありげに笑ってみせた。父親の病気見舞いというのは、あくまでも倉賀野を離れるための口実にすぎなかったのである。

「ここなら唐五郎一家の目も届かねえからな」

隻眼の男が猪口をかたむけながら、にやりと嗤った。じつはこの男、唐五郎一家と敵対する高崎の佐太郎一家の辰次郎という代貸だったのである。

本来、決して顔を合わせることのない不倶戴天の敵同士が、倉賀野宿から一里半（約六キロ）の距離をへだてた新町宿の煮売屋で、親しげに酒を汲みかわしている。信じられぬ光景であり、驚愕すべき現実だった。

「丈八さんの留守中に唐五郎一家と喧嘩があってな」

辰次郎が笑みを消していった。

「喧嘩？」

「なにをトチ狂ったのか、唐五郎一家のほうから仕掛けてきやがったんだ」

喧嘩が起きたのは、今日の七ツ（午後四時）ごろ、倉賀野の先の勝沼に賭場をかまえる佐太郎一家の身内の家に、唐五郎が十人の子分を引きつれて殴り込みをかけたのである。

勝沼は、唐五郎一家と佐太郎一家が縄張りを接している村で、日ごろから小ぜり合いが絶えなかったが、血を見るような荒っぽい抗争が起きたのははじめてであった。

「死人が出たんですかい？」

「ああ、三人の身内が殺された」

「けど、唐五郎親分はなんでまた急に……」

丈八にとっても、その話は寝耳に水だった。

「どうも、その理由がいま一つはっきりしねえんだ」

辰次郎の左目が険しく曇った。佐太郎一家にしてみれば、唐五郎一家の殴り込みはいかにも唐突すぎた。身内同士のいさかいならともかく、親分みずからが十人の子分を引きつれて、いきなり殴り込んでくるというのは尋常ではない。正当な理由があっての喧嘩であれば、事前に「喧嘩状」を突きつけてくるのが、いわば博徒の世界の不文律（ふぶんりつ）である。

だが、今回はそれもなかった。まったくの不意討ちである。

佐太郎は一方的に喧嘩を売られたと思い込んでいる。しかし、唐五郎の側から見れば、その喧嘩にはれっきとした理由があったのだ。昨夜、倉賀野宿の桑畑で三人の子分が斬殺された事件がそれである。

もっともその事件を引き起こした張本人は伊三郎なのだが、唐五郎はてんから佐太郎一家の仕業と決め込んでいた。佐太郎一家にとっては、とんだ濡れ衣（ぎぬ）である。

「いずれにしても……」

猪口の酒をぐびりと飲みほして、辰次郎がいった。

「うちの親分がこのまま黙っているわけはねえ。そのうちきっと何か動きがあるはずだぜ」

「意趣返しってことですかい？」

「すぐにというわけじゃねえが……、その前に丈八さんのほうで片をつけてくれりゃ、あっしらの手間もはぶけるし、丈八さんの今後のためにもなると思うんだがな」

辰次郎はそういって、口の端に狡猾な笑みをにじませた。

「じつは、辰次郎さんにわざわざ足を運んでもらったのは、そのことを伝えるためだったんで」

「ほう」

「あっしもやっと腹を固めやしたよ。このへんで一か八かの勝負をかけてみようかとね」

「そりゃ結構なことだ。丈八さんが倉賀野の縄張りをついでくれたら、佐太郎一家ともうまくいくにちがいねえ。先代の治兵衛親分が健在だったころのようにな」

倉賀野の先代の貸元・治兵衛と高崎の佐太郎一家は、長いあいだ盟友関係にあったが、その治兵衛が藤岡の伝兵衛に倒され、伝兵衛の舎弟分・唐五郎が倉賀野の縄張りを仕切るようになってから、犬猿の仲になった。お互いに縄張りの拡大をねらって、虎視眈々とその機会をうかがっていたのである。

そうした緊迫した状況の中で、唐五郎の腹心ともいうべき丈八にひそかに接近してきたのが、佐太郎一家の代貸・辰次郎だった。人一倍野心のつよい丈八を手のうちに入れて、倉賀野に傀儡（かいらい）勢力を作ろうと画策したのだ。そして辰次郎のもくろみどおり、丈八はその話に食指を動かしはじめたのである。

「ただ、一つだけ……」

丈八が口ごもりながら、眉を曇らせた。

「何か心配なことでもあるのかい？」

「唐五郎親分のうしろには、藤岡の伝兵衛親分がついてやすからねえ」

「なに、心配にはおよばねえさ」

辰次郎が一笑に付した。

「おめえさんのうしろには佐太郎一家がついてるんだぜ。その佐太郎一家には、上州一のお貸元・大前田栄五郎親分がついてるんだ。伝兵衛一家が束になってかかってきても勝ち目はねえさ」

そういって辰次郎は、喉の奥でくくと笑った。笑うたびに右目をふさいだ天保通宝が小きざみにゆれて、その下から眼球のない空洞が不気味にのぞいた。

5

烏川に通じる小川のほとりに、小さな水車小屋が立っていた。

小川といっても、田畑に水を引くために掘削された用水路である。その川の水がせき止められているために、水車は動いていなかった。

夏の終わりから秋にかけての収穫期には、一時も休むことなく回りつづけていたのだろう。まるでその疲れを癒すかのように、星明かりの下でひっそりと動きを止めている。

水車小屋の羽目板の隙間から、かすかな明かりが洩れていた。

小屋の中は五坪ほどの土間になっている。水車の太い回転軸、それに連動する杵、そして大きな臼が三つ。奥に藁束が積み重ねてある。

土間で焚き火をしながら暖をとっている男がいた。松崎数馬である。

この日の夕刻、血洗島の木賃宿『桑野屋』で四人の浪人の急襲を受けた数馬は、平岡幸右衛門や三杉清一郎とともに裏口から脱出して、宿の裏手の竹林に逃げ込んだ。

それに気づいた四人の浪人が脱兎の勢いで追ってきた。竹林の中で激しい斬り合いになった。二人の浪人が数馬に斬りかかってきた。無我夢中で応戦した。三杉も二人の浪人と闘っていた。四対二の斬り合いである。形勢は圧倒的に不利だった。その危地をどうやって切り抜けたのか、よく憶えていない。

気がつくと、いつのまにか竹林を抜けて、雑木林の中を走っていた。

平岡や三杉の安否が気になったが、引き返す勇気はわかなかった。とにかく追手から逃れることが先決だった。ひた走りに走りつづけた。どこへ向かっているかもわからず、ただひたすら走った。

半刻（一時間）ほど走ったところで、急に視界が開けた。見わたすかぎりの田畑である。

夕闇が迫っていた。その闇の奥にぽつんと野小屋のようなものが立っていた。近寄ってみると、それは古い小さな水車小屋だった。

体を休めるには打ってつけの場所だった。小屋に入って藁束の上に横になったとたん睡魔に襲われ、そのまま寝込んでしまった。

一刻（二時間）ほど眠っただろうか、身を切るような寒さで目が覚めた。

風呂敷包みの手行李の中から火打ち石を取り出し、土間に落ちている枯れ枝をかき集めて火をおこした。体が温まってくるにつれて、四人の浪人に襲われたときの記憶がおぼろげによみがえってきた。

同時に、その記憶が数馬の脳裏に一抹の疑念を呼んだ。

平岡幸右衛門の不可解な行動である。

『桑野屋』の裏口から脱出したときには、平岡も三杉もたしかに一緒だった。それだけは、いまでもはっきりと憶えている。

だが、竹林の中で四人の浪人と斬り合いになったとき、平岡の姿はすでに見当たらず、数馬と三杉は四人の浪人を相手に闘う羽目になった。おそらく平岡は、斬り合いになる直前に別の場所に逃げたのだろう。それはそれで危機を回避するためのとっさの判断なのだから、責めるべき筋合いはない。

だが、問題は四人の浪人の動きだった。

なぜあの四人は平岡を追わずに、数馬と三杉だけに追尾の的をしぼったのか。

彼らが横目頭の西尾甚内に雇われた刺客だとすれば、一人たりとも逃がしてはならない使命を負っていたはずである。にもかかわらず、平岡の逃走を目のあたりにしながら、四人はまったく追う気配を見せなかった。それが不可解だった。

そしてもう一つ、

（敵は、なぜわれわれが『桑野屋』に投宿したことを知っていたのか）

最大の疑念はそれだった。

そもそも用心のために血洗島の木賃宿に泊まろうといい出したのは、平岡幸右衛門なのである。しかも本庄宿に入る直前に決めたことなので、西尾たちが事前にそれを察知するのは至難のわざ、というよりほとんど不可能なのだ。

（もしや……）

という思いが、数馬の脳裏をよぎった。

平岡が敵と内通していたと考えれば、何もかも平仄が合う。

数馬はしかし、その考えを瞬時に打ち消した。平岡を疑うということは、平岡の人格そのものを否定することであり、ひいてはその平岡を信頼してきた自分をも否定することになるからだ。

「われら三人のうち、たとえ二人が敵の手にかかって命を落としたとしても、一人はかならず生きのびて例の『念書』を江戸に持ち帰らねばならぬ」

江戸を発つときに、平岡がいった言葉である。

（ひょっとしたら……）

四人の浪人の急襲を受けたとき、平岡自身がその使命を担う決断をして、先に倉賀野にむかったのではなかろうか。国元の同志と倉賀野の旅籠『井筒屋』で落ち合うことは、平岡も知っている。無事に逃げおおせたとすれば、かならず『井筒屋』にむかうはずだ。平岡を疑うことより、むしろ、その可能性に賭けるべきだと数馬は思った。

気がつくと、焚き火の火が消えかかっていた。

数馬は残り火に土をかけて立ち上がり、手行李をつつんだ風呂敷をたすきがけに背負って水車小屋を出た。青白い星明かりがさんさんと降りそそいでいる。果てしなく広がる田畑は、さながら青い闇に塗り込められた大海原だった。

田圃の畦道をしばらく行くと、広大な桑畑に出た。密生する桑の木の奥に、小さな明かりが漁火のようにゆらいでいる。倉賀野宿の町明かりだった。

その明かりにむかって、数馬は足を速めた。

ほどなく烏川の河岸通りに出た。なまこ壁の土蔵が立ちならぶ町並みを見て、数馬はこの町が倉賀野であることをはじめて知った。倉賀野宿には公用の旅の途次、何度か立ち寄ったことがあり、この界隈の地理にも明るかった。

土蔵街の路地をぬけて宿場通りに出ると、数馬は真っ直ぐ『井筒屋』に足をむけた。

確かな時刻はわからないが、町の明るさや往来の人の数から察すると、まだ四ツ（午後十時）はすぎていないだろう。

『井筒屋』の軒行灯（のきあんどん）にも灯（ひ）がともっていた。戸口に立って中をのぞき込むと、初老の男がひとり、土間に脱ぎ散らかされた履物（はきもの）を黙々と片づけていた。奥は明かりを消して、ひっそりと静まり返っている。

「仕事中、すまんが……」

ふいに声をかけられて、男はびっくりしたように振りむいた。

「お葉という女中を呼んでもらえぬか」

「あいにくですが、お葉は急用で休んでおります」

「休みか」

ちょっと思案してから、数馬は気を取り直すように、

「平岡幸右衛門という武士は泊まっていないか」

「いえ、そのような名前のお武家さまは、お泊まりになっておりませんが」

「そうか。仕事の手を止めさせてしまって、すまなかったな」

一礼して、数馬は踵を返した。

と、そのとき、奥の暗がりから、四人の男がうっそりと姿を現した。藤岡の伝

兵衛が倉賀野に差し向けた卯之助と三人の子分だった。

一刻（二時間）ほど前、卯之助は宿場の東はずれで、本庄宿からやってきた大場外記や目明しの留蔵たちと行き合い、『井筒屋』が「念書」の受け渡し場所になっていることを知って、ここに張り込んでいたのである。

「あの侍かもしれねえぜ」

卯之助は三人の子分をうながして表に飛び出した。

「あれだ」

子分の一人が指をさした。五、六間（約九〜十メートル）先に宿場通りを西にむかって歩いてゆく数馬の姿があった。卯之助たちは見え隠れにそのあとを追った。

一丁（約百九メートル）ほど行った四つ角で、数馬は左に曲がった。お葉が住んでいる長屋を訪ねるつもりだったのである。次の路地を右に曲がろうとしたとき、卯之助たちが駆けつけてきた。

足音を聞いて、数馬は不審げに振り返った。

「お侍さんは、松崎数馬さんですかい？」

卯之助が訊いた。

「わたしに何の用だ」

「おめえさんの命を取ってこいと、ある人から頼まれたんでね」

卯之助がそういうなり、三人の子分がいっせいに長脇差を抜き放った。数馬は反射的に身をひるがえすと、路地の奥にむかって一目散に奔馳（ほんち）した。

「待ちやがれ！」

卯之助たちが猛然と追う。数馬の姿がみるみる小さくなり、闇の奥に消えていった。

第五章　江戸へ

1

宿場通りの裏の入り組んだ路地を、松崎数馬は右に左に曲がりながら必死に逃げた。

路地を曲がるたびに、追手の足音が遠ざかってゆく。

路地をぬけて、広い通りに出た。走りながら、数馬は四辺を見まわした。

その界隈は、宿場の問屋場（といやば）の役人や商家の主人、倉賀野河岸の舟問屋など、裕福な階層が住む地域らしく、黒板塀や垣根をめぐらした豪壮な家が立ちならんでいた。

どこかで祝い事でもあるのだろうか。放吟の声や手拍子、にぎやかな笑い声などが聞こえてくる。

数馬は足をとめて背後を振り返り、油断なく闇に目をこらした。追手が迫ってくる気配はなかった。ほっと胸をなで下ろして、ふたたび歩を踏み出したときである。

前方の路地から、提灯を下げた男が忽然と姿を現した。数馬がぎくりと足をとめて、その男に目をむけると、

「もしや……」

提灯の明かりをかざしながら、商人ふうの男が近づいてきた。

「松崎さまではございませんか」

「え」

と数馬が瞠目した。

「やはり松崎さまでしたか。手前は……」

男が名乗る前に、数馬の口からその名が飛び出した。

「『辰巳屋』の嘉兵衛か」

「はい。こんなところでお目にかかるとは、奇遇でございますな」

四十二、三の見るからに温厚そうなその男は、長岡藩の江戸上屋敷に出入りしている日本橋堀留の塩問屋『辰巳屋』の番頭・嘉兵衛だった。

「しかし、なぜおまえがここに……？」

「倉賀野に手前どもの出店があるのをご存じありませんでしたか？」

「ああ」

いわれてみれば、確かにそんな話をちらりと聞いたことがあった。

海のない上州では、塩は貴重な品である。そこに目をつけた『辰巳屋』の先代が、十年前に倉賀野河岸に小さな店を出した。そのねらいがみごとに当たって、いまでは西上州一の塩問屋として繁盛していた。

「じつは、手前がその出店をまかされましてね。半月ほど前に家内ともども倉賀野に引き移ってきたのです」

「そうか。番頭から出店の主人とは大そうな出世だな」

「恐れ入ります」

嘉兵衛は照れるような笑みを浮かべながら、

「もし、よろしければ、拙宅にお立ち寄りになりませんか」

「うむ」

数馬にとっては渡りに舟だった。宿場内の旅籠に泊まるのは危険だし、こんな時刻に宿探しをするのも一苦労である。嘉兵衛の家に泊めてもらえれば大助かりなのだ。

数馬と嘉兵衛は大の囲碁好きで、折あるごとに江戸の藩邸内の侍長屋で、よく碁を打ったものである。そんな関係で互いに気心は知れていた。

路地の突きあたりに、嘉兵衛の家はあった。満天星の垣根をめぐらせた切妻造りの瀟洒な家である。敷地は五十坪ほどで、手入れの行き届いた小さな庭もあった。

数馬は奥の客間に通され、嘉兵衛の女房の心づくしの手料理と酒のもてなしを受けた。

「江戸を離れて、寂しくはないのか」

猪口をかたむけながら、数馬がいった。

「正直申しまして、ここにきた当初は江戸が恋しゅうございました。しかし、住めば都と申します。田舎暮らしも捨てたものではございません」

そういって嘉兵衛は笑みを見せた。決して強がりではなく、心から倉賀野の暮らしに満足しているといった笑みだった。

「囲碁仲間はいるのか」

「はい。おかげさまで、舟問屋の旦那衆や問屋場のお役人さまたちと親しくお付き合いさせていただいております」

「それは結構なことだ。すっかりこの地に根をおろしたようだな」

「手前も下総の出でございますから、田舎は性に合っているのでしょう」

嘉兵衛は、下総流山(ながれやま)の百姓の三男である。十三のときに日本橋の老舗(しにせ)の塩問屋『辰巳屋』に丁稚(でっち)奉公に入り、以来三十年間、一日も休まずに働きつづけてきた。

その甲斐あって三十歳で手代、三十六歳で番頭、そして四十三の歳にようやく倉賀野の出店をまかされるようになったのである。

「ところで、松崎さまは公用でお国元へ？」

「いや」

と首を振って、飲みかけの猪口を膳におくと、数馬は険(けわ)しい表情で嘉兵衛の顔を直視した。数瞬の沈黙のあと意を決するように、

「ここだけの話だが……」

と前おきして、これまでのいきさつや血洗島の木賃宿で起きた事件、そしてつ

い今しがた、やくざふうの男たちに追われたことなどを、巨細（こさい）もれなく語って聞かせた。

「牧野さまのご家中で、そのようなもめごとが起きているとは……」

話を聞きおえて、嘉兵衛は深々と嘆息をついた。

『辰巳屋』の初代は三河国（みかわのくに）の出で、同じ三州の出の牧野家とは、藩祖の代から取り引きがあり、二百五十余年間、長岡藩の御用達看板をかかげてきた。その『辰巳屋』が家訓としているのは、

一、鼻を欠くとも、義理を欠くなといふ事。

二、腰は不立（たたず）とも、一分（いちぶ）を立てよといふ事。

の二箇条だが、これは牧野長岡藩の藩是（はんぜ）をそっくりそのまま受けついだものだった。それほど両者は密接な関係にあったのである。その牧野家で陰湿な政争が起きていることを知った嘉兵衛は、驚きというより、むしろ深い悲しみを覚えた。

「で、そのあと平岡さまや三杉さまは、どうなったのでしょうか」

数馬の猪口に酒をつぎながら、嘉兵衛が心配そうに訊いた。

「わたしも無我夢中で逃げてきたので、二人の安否はわからんが……、無事でい

てくれれば、そのうちかならず『井筒屋』という旅籠に姿を現すはずだ」

平岡と三杉がすでに死んでいることを、神ならぬ身の数馬が知るはずもなかった。

「しかし、その『井筒屋』にもすでに西尾の手が回っている。一刻もはやく二人にそのことを知らせてやりたいのだが……」

「お二方の消息がわからなくては、知らせる手だてもございませんな」

「それに、わたしも追われている身だ。軽々しく動くわけにはいかぬ」

苦い顔で、数馬がいった。

「やくざ者に追われている、とおっしゃいましたね」

「うむ」

「この倉賀野を縄張りに持つのは、唐五郎という貸元です。おそらくその男どもは、唐五郎一家の身内の者でしょう」

「つまり、西尾が唐五郎一家を動かしているということか」

「そうにちがいありません。しばらく松崎さまは、ここに身を隠していたほうがようございます。『井筒屋』の様子は手前どもの奉公人に探らせましょう」

「そうしてもらえれば助かるが……、しかし」

「ご遠慮にはおよびません。ごらんのとおりのむさ苦しいところですが、どうぞ、お気がねなくご逗留くださいまし」

嘉兵衛の心からの言葉に、数馬は黙って頭を下げた。

東の空がしらじらと明け初めた七ツ半（午前五時）ごろ、お葉は新町宿の旅籠を出て倉賀野にむかった。

街道には白い朝靄（あさもや）がただよっていた。

夏場であれば、早発ちの旅人の姿がちらほらと目につく時刻なのだが、冬を目前にしたこの時季には、さすがに旅人の姿は見当たらなかった。

お葉は、ほとんど小走りの速さで、一里半（約六キロ）の距離を休まずに歩きつづけた。

倉賀野宿に着いたのは、五ツ（午前八時）少し前だった。長屋にはもどらず、お葉はその足で『井筒屋』にむかった。ちょうど宿泊客の朝食がおわったばかりで、女中たちがあわただしく膳を運んでいた。勝手の板間には山のように箱膳が積まれ、二人の水仕女（みずしめ）がてんてこ舞いで食器を洗っている。

女中頭が、勝手口からこそこそと入ってきたお葉を目ざとく見て、

「あら、お葉さん、ゆうべはどうしたの？」

不機嫌そうに声をとがらせた。

「申しわけありません。急にお腹が差し込んで……」

お葉は口ごもりながら、方便を使った。目明しの留蔵に拉致されたとは口が裂けてもいえなかった。もしそんなことをいったら、詮索好きの女たちに寄ってたかって詰問攻めにされるにちがいない。

寝ることと食べることしか楽しみのない旅籠の女たちにとって、他人のうわさ話は唯一の娯楽なのだ。昨夜の出来事がいったん彼女たちの耳に入ったら、半日とたたぬうちに宿場じゅうに広がるであろう。そうなって困るのは松崎数馬である。いや、困るどころか、数馬の身に危険がおよぶ恐れがある。お葉がもっとも懸念したのはそれだった。

「それならそうと、一言いってくれりゃいいのに……」

女中頭が底意地の悪そうな顔でつぶやいた。

「申しわけございません」

お葉はひたすら頭を下げつづけている。

「ま、すんだことをいまさらとやかくいってもはじまらないし……。すぐ支度して、空き部屋の蒲団をあげてきておくれ」

「はい」

　はじけるように身をひるがえすと、お葉は支度部屋に行って身支度をととのえ、奥の階段を駆けあがった。

　ひと部屋ひと部屋の蒲団をたたんで押し入れにしまい、脱ぎ散らかされた半纏や浴衣をかき集めて裏庭の井戸端に運ぶ。それだけでもかなりの重労働なのだが、さらに洗濯という過酷な仕事が待ち受けていた。

　井戸水を汲んで大きな盥に水を張り、そこに一抱えもある洗濯物を入れて手で洗う。冬場の水仕事は、泣きたくなるほどつらかった。冷たいというより、痛いというのが実感だった。ものの寸秒とたたぬうちに、手がしびれて感覚が失せていった。

　着物のたもとに手を入れて、しびれた手を温めながら、お葉は黙々と洗いつづけた。

　と、裏木戸がかすかにきしんで、中年の小柄な男が人目をはばかるようにこっそりと入ってきた。お葉が手をとめてけげんそうに顔をあげると、男はすばやく近づいてきて、

「お葉さんですね？」

小声で訊いた。

「はい」

「手前は倉賀野河岸の塩問屋『辰巳屋』の手代・市次郎（いちじろう）と申すものです」

「何か？」

「松崎数馬さまのことで、ちょっと」

「数馬？」

お葉がパッと顔を輝かせた。

「数馬さまは、ご無事なんですか」

「手前どものあるじの家におります。一緒にきていただけませんかね」

「…………」

お葉の顔に一瞬、ためらいが浮かんだ。昨夜の事件がよぎったのである。本当はすぐにでも飛んでいきたいのだが、大場外記の仲間の目が気になった。

どこで誰に監視されているかもわからないし、それに仕事をほったらかして姿を消したら、またあの女中頭から叱責（しっせき）され、今度こそきびしくその理由（わけ）を追及されるだろう。自分が動けば、結果的に数馬に迷惑をかけることになるのである。

お葉は、市次郎と名乗る男に事情を説明し、

「数馬さまに伝えていただきたいことがあるんですが……」

伊三郎から頼まれた言伝て(ことづ)を数馬に伝えるように依頼した。

「わかりました。そうお伝えしておきましょう。では」

と一礼して、四辺に視線をめぐらせながら、市次郎は逃げるように立ち去った。

2

倉賀野宿の西はずれの閑静な雑木林の中に、唐五郎一家の牙城ともいうべき大きな家があった。茅葺(かやぶき)屋根のどっしりとしたたたずまいの家である。

唐五郎はその家で三十になる女房と四歳の男の子、そして三下(さんした)五人をふくむ二十人の子分とともに暮らしていた。もっとも、子分の大半は裏手の別棟に雑居しているので、母屋には七、八人が住んでいるだけである。

丸に「唐」の字の代紋が記された腰高障子ががらりと開いて、

「行ってらっしゃいまし」

子分たちに送り出されて、派手な鬱金の羽織をまとった唐五郎が、肩をいからせて出てきた。行ってくるぜ、と子分たちにいいおいて歩き出したとき、雑木林の道を足早にやってくる三度笠の男の姿が目にとまった。

「おう、丈八か」

唐五郎が声をかけると、男はすばやく三度笠をはずして大股に近づいてきた。代貸の丈八である。

「ただいまもどりやした」

「親父さんの病はどんな塩梅だい？」

「おかげさまで以前よりはだいぶ良くなりやした」

「そりゃよかった。わざわざ見舞いに行った甲斐があったな」

「へえ。……お出かけですかい」

「長岡藩の横目頭に呼ばれてるんだ。風呂でも浴びてゆっくり休むがいいぜ」

「ありがとう存じやす」

「じゃあな」

「行ってらっしゃいまし」

丈八は深々と頭を下げて見送った。

唐五郎がむかった先は、先日、西尾甚内たちと会食をした料理茶屋『桔梗屋』だった。

仲居に案内されて二階座敷に行くと、西尾、川浪軍次郎、卯之助の三人がすでに膳部をかこんで酒を酌みかわしていた。

「遅くなりやした」

西尾と川浪に頭を下げて、唐五郎が膳の前にどかりと腰をすえると、いきなり、

「貸元、悪い知らせがあるぞ」

西尾が苦々しくいった。

「と申しやすと？」

「わしらが雇った四人の浪人者が殺された」

「それは、いつのことで？」

「昨夕のことだ。場所は本庄宿のちかくの血洗島。江戸詰めの三杉清一郎という男の死骸も同じ場所で見つかっている」

「すると、四人のご浪人さんは、江戸からきた侍に斬られたってことですかい？」

「おそらくな」

「じつをいうと、江戸方の三人の中に、わしらと通じていた者がいたのだが……」

川浪軍次郎がいった。平岡幸右衛門のことである。

「その男も殺された。大場や目明しの留蔵、それに留蔵の三人の手下ともどもな」

「留蔵が……、殺されたんですかい！」

瞠目(どうもく)する唐五郎に、西尾が険しい視線をむけていった。

「奇妙なことに、その六人は新町宿の真勝寺の山門付近で殺されていたのだ」

「真勝寺の？　……それはまた、どういうことなんで」

「お貸元」

卯之助が、となりに座っている唐五郎の顔を上目づかいに見た。

「ゆんべの五ツ（午後八時）ごろ、あっしは宿場の東はずれで、大場さまや留蔵たちに会ってるんですよ」

「宿場はずれで？」

「へい。『井筒屋』のお葉って女中を連れて、新町宿に行くといっておりやした」

卯之助の言葉を受けて、川浪が語をついだ。

「どうやら、その女を囮に使って松崎数馬をおびき出す算段だったらしい」

「それが裏目に出たってわけですかい」

「松崎に勘づかれたのかもしれんな」

「大場も大場だ。一言わしらにそういってくれれば、ほかに打つ手もあったのだが」

西尾が腹立たしげにいった。大場外記は功をあせったのだろう。独断で動いたことが、結果的に命取りになったのである。

「しかし、まだ手はある」

気を取り直すように西尾がいった。

「昨夜遅く、松崎数馬が『井筒屋』をたずねてきたそうだ」

「それを見た者がいるんですかい？」

「たまたま、あっしがその侍を見かけて、あとを跟けていったんですが……」

卯之助はそういって、気まずそうに目を伏せた。

「途中で見失っちまいやした」

「まかれたのか？」

「面目ありやせん」

「しかし、無駄ではなかったぞ、卯之助」

と西尾が卯之助をかばうように語をついだ。

「それで『井筒屋』が念書の受け渡し場所になっていることがわかった。あとは弥吉と申す渡世人が現れるのを待つだけだ。そのときのために、『井筒屋』の周辺にはしっかり目を光らせておいてもらいたい」

「承知しやした」

唐五郎は神妙な顔でうなずいたが、正直なところ、『井筒屋』を監視するために子分を動員するつもりはなかった。それよりもまず、高崎の佐太郎一家の反撃に備えて、自分の足元を固めておかなければならないからだ。

佐太郎一家が仕返しにくれば、いままでのような小ぜり合いではすまないだろう。今度こそ、藤岡の伝兵衛がいう「天下分け目の決戦」になるにちがいない。

昨夕、唐五郎は藤岡宿に使いを走らせた。伝兵衛一家の助勢を頼むためである。その返事が今日になってもまだ届かない。それが気がかりで、西尾の話などはほとんど耳に入らなかった。

(『井筒屋』の張り込みは、卯之助にまかせておけばいい)

唐五郎は内心、そう思っていた。

「どうした？　貸元」

ふいに西尾が目をむけた。唐五郎がわれに返って見返すと、

「何か心配ごとでもあるのか」

「い、いいえ、別に……」

唐五郎は笑ってごまかした。

「お絹、いるかい？」

勝手口で、低い男の声がした。

居間で繕い（つくろい）ものをしていたお絹は、ハッと手を止めて顔をあげた。

廊下に忍びやかな足音がひびき、からりと襖が開いて、男が体をすべり込ませるように入ってきた。唐五郎一家の代貸・丈八である。

「丈八さん……！」

丈八はうしろ手で襖を閉めると、お絹の前にどかりと腰を下ろした。

「いつもどってきたんですか」

「つい四半刻（三十分）ほど前だ」

お絹が縫いかけの半纏や針箱を手早く片づけながら、

「で、辰次郎さんには会えたんですか」

ぽつりと訊いた。意外なことに、丈八が新町宿で佐太郎一家の代貸の辰次郎と密会することを、お絹は知っていたのである。

「ああ」とうなずいて、丈八が訊き返した。

「おれの留守中に、佐太郎一家と喧嘩があったそうだな」

「親父みずから勝沼の賭場に乗り込んでいったそうです」

「馬鹿なことを仕出かしたもんだ」

丈八の顔に嘲笑が浮かんだ。

「どうやら佐太郎親分を本気で怒らせちまったようだぜ」

「仕返しがありますね。きっと……」

お絹が能面のように表情のない顔でつぶやいた。

「その前に、親分を片づけてもらえねえかと、辰次郎さんから相談を持ちかけられた」

「そう」

お絹の表情は変わらない。うつろな目でじっと丈八を見つめている。

「佐太郎一家がうしろ楯についてりゃ、もう怖いものは何もねえ」

「……………」

「お絹、おれは腹を決めたぜ」

「じゃ、親分を……」

お絹の目がちらりと動いた。

「といっても、おれが直接手を下したら、藤岡の伝兵衛親分が黙っちゃいねえだろう。どうせやるなら、疑われずにすむ手を使ったほうが得策だ」

いいながら、丈八はふところから紙包みを取り出した。

「ここは一つ、おめえの手を借りてえんだが……」

「何ですか、その包みは」

丈八は無言で紙包みを開いた。中に干からびた草木の根のようなものが入っている。

「附子だ」

「…………！」

お絹は思わず刮目した。

附子とはトリカブトの塊根の漢方名である。主成分はアコニット系アルカロイド。きわめて毒性が強く、致死量は〇・五〜一グラムといわれている。致死量以上を服用すると、呼吸中枢が麻痺して窒息死する。

「そんなものを、いったいどこで……？」

「深谷宿の薬種問屋で手に入れてきた。……なァ、お絹」

丈八が熱い眼差しでお絹を射すくめた。

「おれは唐五郎一家の縄張りが欲しくて、こんな大それたことを企んだんじゃねえ。おめえが欲しいからだ。はじめておめえを抱いたときから、いつかきっとおれのものにしてやろうと思っていた」

「おめえだってそれを望んでいたはずだぜ」

「………」

「――わたしの気持ちは変わっていませんよ。できればいますぐにでもここから逃げ出したいぐらいです」

能面のように無表情なお絹の顔に、はじめて感情が洩れた。唐五郎へのあからさまな嫌悪である。

「おれたちは、もうあともどりはできねえ。腹をくってやるしかねえだろう」

「この附子を親分に飲ませろというんですか」

お絹は紙包みの附子に視線を落とした。

「ああ、ほんのひとかけら、親分の汁椀に入れるだけでいい」

「……………」

「それでコロッといくはずだ。あとは心ノ臓の発作ってことで始末しちまえば、誰も疑いはしねえだろう」

「……………」

「お絹」

いきなりお絹の肩に手をかけて引き寄せた。

「親分が死んだら、貸元の座はおれにまわってくるんだぜ。そうなったら何もかもがおれの意のままになるんだ。一家の縄張りも、子分どもも……、そして、おめえもな」

「藤岡の伝兵衛親分が、それを宥してくれますかね」

「そのときは……、伝兵衛親分もこの世にはいねえさ」

丈八が不敵に笑ってみせた。

「まさか、丈八さんが……」

お絹の目に驚愕が走った。

「いや、おれがやるわけじゃねえ。佐太郎一家が始末してくれることになってるんだ」

唐五郎の死をきっかけに、佐太郎一家は一気に藤岡の伝兵衛一家も叩きつぶすつもりなのである。そして、その筋書きを書いたのは、いうまでもなく佐太郎一家の代貸・辰次郎だった。

「わかるか？　お絹」

丈八はお絹の胸元に手をすべり込ませ、乳房をやさしくもみしだきながら、

「それには何としてもおめえの手を借りなきゃならねえんだ」

耳元でささやくようにいった。お絹の口からかすかなあえぎが洩れた。

「わかったな」

お絹がこくりとうなずいた。丈八はお絹の体をぐっと抱き寄せると、顔をかぶせるようにしてお絹の口を吸った。舌と舌がねっとりとからみ合う。

口を吸いながら、丈八は右手でお絹の帯を解いた。はらりと着物がすべり落ちる。その下は目にしみるような真紅の長襦袢（ながじゅばん）である。乱れた裾から、白くつややかな太股（ふともも）が露出した。丈八の手が股間にすべり込んだ。

「あっ」

小さな声を発して、お絹の上体が大きくのけぞった。女のいちばん敏感な部分に、丈八の指が触れたのである。

むさぼるように口を吸いながら、丈八はお絹の体を畳の上に横たわらせた。しごきをほどいて長襦袢をぬがせ、腰にまとわりついた二布(ふたの)（腰巻）を引き剝ぐ。まばゆいばかりの裸身が、惜しげもなく丈八の目の前にさらされた。

丈八も着物をぬいだ。鋼(はがね)のようにたくましい体である。男が猛々(たけだけ)しく怒張(どちょう)していた。

お絹の体におおいかぶさり、怒張したそれをお絹の秘所に没入させた。そこはすでにしとどに濡れていた。

「ああ……」

絶え入るような声を洩らしながら、お絹は体を弓なりにそらせ、両腕を丈八の背中にまわして爪を立てた。分厚い丈八の背中に、いくすじもの赤い線が走った。

3

倉賀野河岸から半里（約二キロ）ほど離れた烏川の土手道を、二人の男が西にむかって歩いていた。

一人は三度笠に道中合羽の長身の渡世人——伊三郎である。

先を歩いている小柄な中年男は、『辰巳屋』の手代・市次郎だった。

話は二刻（四時間）前にもどるが……。

『井筒屋』のお葉から事情を聞いた市次郎は、すぐさま嘉兵衛の家にとって返し、お葉の言伝てを松崎数馬に伝えた。新町宿の旅籠『吾妻屋』に伊三郎という渡世人をたずねてくれ、というのが伝言の内容である。

「わかった。その渡世人に会ってみよう」

と勇みたつ数馬を、

「お待ちくださいまし」

嘉兵衛が制した。

「松崎さまは動かぬほうがようございます」

「しかし……」

「用心に越したことはございません。市次郎に呼びにやらせましょう」

「伊三郎をここに連れてくるというのか」

「いえ、ここも人目につきます。別の場所で落ち合うことにしたらいかがでしょうか」

別の場所とは、嘉兵衛の行きつけの船宿『舟清(ふなせい)』である。烏川で獲れた新鮮な鮒(ふな)や鯉(こい)、うなぎ、なまずなどを食べさせる川魚料理屋としても知られており、あるじ夫婦とも昵懇(じっこん)の仲であった。

伊三郎と市次郎はいま、その『舟清』にむかっているのである。

「あれでございます」

先を行く市次郎が足をとめて、前方を指さした。一丁ほど先に二階建ての家が見えた。屋根は茅葺で、床の一部が川面(かわも)に張り出している。江戸の船宿のような派手やかさはないが、見るからに素朴で野趣ゆたかなたたずまいである。

『舟清』の屋号を記した障子戸を引き開けて中に入ると、奥から女房らしき三十五、六の、人の好(よ)さそうな女が満面に笑みを浮かべて出てきて、

「どうぞ、お上がりくださいまし」

と二人を二階座敷に案内した。座敷といっても、八畳ほどの板敷きに花茣蓙(はなござ)をしいただけの、何の飾りけも愛想もない部屋である。部屋の真ん中に手焙(てあぶ)りがおいてあり、その前で嘉兵衛と松崎数馬が茶を喫(きっ)していた。

「お連れ申しました」

市次郎が一礼して座敷に入った。伊三郎は廊下で三度笠と道中合羽をはずし、敷居ぎわに両膝をついて、座敷の二人に頭を下げた。

「お初にお目にかかりやす。伊三郎と申しやす」

「堅い挨拶はぬきにいたしましょう。ささ、お入りください」

嘉兵衛が微笑を浮かべて手招きした。

「失礼いたしやす」

三度笠と道中合羽、長脇差を廊下において、伊三郎は座敷に膝をすすめた。

「さっそくだが……」

数馬が飲みかけの湯呑みを膝元において、おもむろに口を開いた。

「わたしに用向きというのは?」

「じつは……」

伊三郎はさらに膝をすすめて、

「ある男からこれを預かってまいりやした」

ふところから例の四角い桐油紙の包みを取り出して、数馬の膝前においた。

数馬は黙ってそれを手に取ると、すばやく包みを開いた。中身は薄い桐(きり)の状(じょう)

箱である。状箱の蓋を取ると、中に四つ折りの奉書紙が入っていた。それを広げて書面に目を走らせたとたん、

「これだ。間違いない」

思わず数馬が口走った。まぎれもなくそれは、筆頭家老・安藤主膳と御用商人のあいだで取り交わされた、賄賂の密約を裏付ける「念書」だった。

「しかし、なぜこの念書をおぬしが……？」

数馬が不審な目で伊三郎を見た。これまでの経緯を知らぬ数馬にとって、藩の命運を左右する重要な書類が、流れ者の渡世人の手にわたっていたこと自体、きわめて不可解であり、心外なことだった。

「これをごらん下さい」

伊三郎は懐中から二つ折りの紙を取り出した。荒木文之進がいまわのきわに書きしたためて、弥吉にわたしたあの書き付けである。それには、

〈此の者に、金五十両を被下置様、右、願い奉り候。荒木文之進〉

と記されている。数馬の顔に驚愕が走った。

「すると、荒木文之進どのは……！」

「信州和美峠で、追手に斬られて死んだと聞きやした」

「………」

数馬は絶句した。荒木文之進が西尾一味の手にかかって命を落としたとすれば、同行の滝沢郡兵衛と酒井辰之助も無事でいるわけはなかった。もし二人のいずれかが無事でいるならば、この「念書」が渡世人の手にわたるはずはない。

（無惨な……！）

という思いが、数馬の胸を締めあげた。「念書」一枚のために、三人の同志の命が奪われたのである。悲しみを超えて、やり場のない怒りが数馬の胸にたぎり立った。書き付けを持つ手がかすかに震えている。

嘉兵衛と市次郎は無言のまま、沈痛な面持ちでうつむいている。

「ところで……」

数馬がふっと視線を伊三郎にもどし、気を取り直すように訊いた。

「ある男からこの包みをあずかったといったが、その男とは何者なのだ？」

「旅の途中で知り合った弥吉という渡世人です」

「弥吉？」

「その男はひどい怪我をしておりやしてね。きのうから生きるか死ぬかの瀬戸際をさまよっておりやす。一刻もはやく医者の手当てを受けさせてやらなきゃならねえんですが、そのためには……」

「金がいる、というのだな」

「へい」

「わかった。荒木どのが約束したとおり、わたしが礼金を払おう」

かたわらの手行李を開けて、中から切餅二個を取り出した。切餅とは、一分金百枚（二十五両）を方形に包んだもので、その形が切餅に似ているところから、そう俗称されるようになったのである。

「おぬしたちのおかげで、この念書が敵の手にわたらずにすんだ。あらためて礼を申す」

折り目正しく、数馬が頭を下げた。

「では、遠慮なくちょうだいいたしやす」

二個の切餅を受け取ってふところにしまい込むと、伊三郎は、

「ついでといっては何ですが」

ふと思いついたようにいった。

「もう一つ、お耳に入れておきたいことがありやす」

「もう一つ？」

「お連れの三杉清一郎さんは亡くなりやしたよ」

「三杉が……、死んだ？」

「四人の浪人にめった斬りにされやしてね。あっしが三杉さんの最期を看取りやした」

「…………！」

数馬は愕然と息を飲んだ。一拍の間があって、伊三郎の口からさらに驚くべき事実が伝えられた。

「あとでわかったことなんですが、松崎さんと三杉さんを、本庄宿の目明しに売ったのは、じつは平岡幸右衛門だったんで」

数馬は言葉を失った。「まさか」という思いと、「やはり」という思いが複雑に交錯した。しばらくの沈黙のあと、ようやく重い口を開いた。

「しかし、なぜおぬしがそのことを……？」

「『井筒屋』のお葉という女中をご存じですね」

「ああ」

「平岡は、そのお葉を囮に使って、あっしをおびき出したんです」

「おぬしから念書を奪うためか」

「へい」

「それで……？」

「殺しやした」

伊三郎は驚くほど平然と応えた。

「平岡を……、おぬしが斬ったのか」

「へい。大場外記や目明しの留蔵とともに、あっしが斬りやした」

「そうか」

平岡に裏切られたという事実が、数馬の心を重くふさいでいた。その平岡の異心を見抜けなかったおのれの不明、そして、無惨に殺された三杉への痛惜の思い、さまざまな感情が頭の中を駆けめぐっていた。

「松崎さんにお伝えしなきゃならねえことはそれだけです。先を急ぎやすんで、あっしはこれで失礼いたしやす」

一礼して膝退すると、伊三郎は廊下においてあった三度笠と道中合羽、長脇差を小脇にかかえ、振りむきもせずに階段を下りていった。

その足音を聞きながら、嘉兵衛がゆっくり向き直り、

「ご同志の死を思うと心からよろこぶわけにはまいりませんが……」

悄然と肩を落としている数馬へ、慰撫するように声をかけた。

「念書が無事に松崎さまの手にわたったことは、牧野家にとって何よりの朗報となりましょう」

「うむ。この念書をもってすぐにでも江戸にもどりたいのだが、その前にもう一つ、おまえたちに頼みたいことがある」

「どんなことでございましょう」

「『井筒屋』のお葉という女中をここに連れてきてもらいたいのだ」

「お葉さんを……?」

「このたびの一件で、お葉にはいろいろと迷惑をかけてしまった。その償いに一緒に江戸に連れていってやろうと思ってな」

「承知いたしました。今夜五ツ(午後八時)、手前どもの上り船が倉賀野河岸を出て江戸に向かうことになっております。その船にお葉さんを乗せて、ここで松崎さまと合流することにしたらいかがでしょうか」

「そうか、船という手があったな」

塩問屋『辰巳屋』の河岸には、十日に一度、江戸から塩を積んだ元船(高瀬船)が到着する。荷揚げをおえた元船には硫黄や湯花、生糸、麻、大豆などを積み込んで、ふたたび江戸にもどることになる。ちょうどその元船が、今夜出立（しゅったつ）することになっていたのだ。

烏川から利根川をへて江戸までの距離は、およそ三十五里（約百四十キロ）、五日間の船旅である。中山道を徒歩で行くより、五日ほど早く江戸に着くのである。

4

伊三郎が新町宿の旅籠『吾妻屋』に着いたのは、八ツ半（午後三時）ごろだった。

二階の自分の部屋で旅装を解くと、すぐさま二階の弥吉の部屋をたずねた。

弥吉は蓑虫（みのむし）のように蒲団にくるまって、あいかわらず昏々と眠りつづけていた。

「弥吉」

と声をかけてみたが、すぐには目を覚まさなかった。体をゆすりながら、耳元で二、三度呼びかけると、ようやく弥吉の目が開いた。ぼんやり伊三郎の顔を見た。

「――伊三郎さん」

蚊の鳴くような細い声だった。

「具合はどうだい？」

「なんだか妙に心地よくて……、やたらに眠いんで……」

いいつつ、弥吉はまたふっと目を閉じた。

「弥吉、眠っちゃいけねえ。目を開けるんだ。いい知らせがある」

「…………」

「松崎数馬から五十両の礼金を受け取ってきたぜ」

弥吉の目がぽっかり開いた。

「ほ、本当ですかい」

「本当だ。これを見ろ」

弥吉の目の前に切餅を突き出した。

「この金で本庄宿から腕のいい医者を呼んでやるからな。もうしばらくの辛抱だ」

「医者なんて……、もう用がありやせんよ。……それより、その金で、お絹を……、お絹を身請けしてやっておくんなさい」

　あえぎあえぎいった。見開いた目がうつろに宙をさまよっている。

「体さえ元気になりゃ、お絹を身請けする金なんていくらでも稼げるんだ。すぐに医者を呼んでくるからな。それまでがんばるんだぜ、弥吉」

　いいおいて伊三郎が立ち上がろうとすると、

「伊三郎さん」

　弥吉が必死に呼びとめた。

「どうせ長い命じゃありやせん。あっしのことはほっといてください」

「気弱なことをいうな。おめえらしくねえぜ」

「てめえの体はてめえが一番よくわかっておりやす。……伊三郎さん、あっしが死んだら、お絹のことをよろしくお頼み……」

　いいおわらぬうちに、突然、弥吉の体に激しい痙攣が走った。

「弥吉、大丈夫か。しっかりしろ！」

「お、お絹を身請けしたら……、一緒に伊豆に移り住んで……、のんびり暮らすのがあっしの夢でした。……あっしが死んだあと、せめて、せめてお絹だけにでもその夢を……」

弥吉の目から光が失せていた。瞳孔が開いている。その眸に映っているのは伊三郎の顔ではなく、死の淵の暗い闇だった。

伊三郎は声をかけようとはしなかった。かけても応えは返ってこないだろう。表情のない顔で、黙って弥吉を見守った。弥吉の唇がひくひくと動いている。

「あ、暑い……。伊豆の陽差しは、暑いなァ、お絹」

うわ言だった。

「けど、海はきれいだ。……見ろよ、きらきら輝いてるぜ」

弥吉はまばたき一つせず、虚空を見つめたまま、口の中でつぶやきつづける。

「おっといけねえ、波がきやがった。……着物の裾が濡れるぜ、お絹」

「………」

伊三郎は無言で見守っている。

「夕焼けだ。真っ赤な夕焼けだ。……つがいの鴉がねぐらに帰っていくぜ。……そろそろ、おれたちも帰ろうか、お絹。……帰ろう、帰ろう……」

そこでぷつりと声が途切れた。両眼を見開いたまま、弥吉はしずかに息を引き取った。

指先でそっと弥吉の瞼を閉ざして、伊三郎は両手を合わせた。

弥吉が目ざしていた倉賀野宿は、わずか一里半（約六キロ）の先にある。その倉賀野を目前にして、弥吉はとうとうお絹に逢えぬまま死んでいった。それを思うと哀れだった。

しかし、仮に弥吉が生きていたとしても、唐五郎の囲い者になってしまったお絹に逢えたかどうかわからない。たぶん逢えなかっただろう。いや、逢えないほうがまだいい。もし逢ったとしたら、絶望の淵に突き落とされるだけである。

しょせん弥吉には縁のない女だったのだ。それを知らずに、最期までお絹の面影を追いつづけながら死んでいった弥吉は、むしろ仕合わせだったのかもしれない。弥吉の安らかな死に顔を見ながら、伊三郎はそう思った。

（成仏しろよ）

弥吉の亡骸にもう一度手を合わせて、伊三郎は立ちあがった。感傷にひたっている暇はなかった。弥吉とはわずか数日間の短い縁だったが、行きがかり上、伊三郎が亡骸を始末してやらなければならない。これも渡世人の義理なのだ。

階下に下りて番頭に一両の金をわたし、埋葬の手配を依頼すると、伊三郎はふたたび二階の部屋に行き、弥吉の手荷物の整理をはじめた。手荷物といっても振り分けの小行李が二つだけである。

中には旅に必要な小物や手拭い、洗いざらしのふんどしが数枚、履き替え用の新しい草鞋が一足入っていた。どれもこれも捨てていいようなものばかりである。

伊三郎の目が、小行李のすみの小さな布袋にとまった。

袋の中をあらためてみると、三つ折りにした紙が入っていた。中身はそれだけである。伊三郎はその紙を広げてみた。お絹から弥吉に宛てた手紙だった。

弥吉さんへ
先々月のみそか、倉賀野（の旅籠）へつとめ奉公にまいり候ところ、
十日まえに、あさやまへ（軽い病気）をひきうけ、
五日の余、わずらへ（患い）、中ごろよりすこし病気なおり、
おきて居ますやうになりますと、よる（夜）はきやく（客）をとらされ、
ひる（昼）はきやくのないときは、だいどころ（台所）をてつだわされ、
よるひる、からだのやすまるひまなきゆえ、
病気はかいき（快気）せず、こらへ（堪え）こらへてつとめ候。
くに（郷里）がなつかしゅうて、こいしゅうて（恋しくて）、

まいよ（毎夜）のようにないて（泣いて）くらし候。
弥吉さんにあいとう（逢いたい）ございます。
とても、あいとうございます。　絹。

たどたどしい文字で、飯盛女の過酷な日常と苦痛のさま、そして望郷の念と弥吉への思慕が切々とつづられていた。

弥吉は信州小諸を旅立ったときから、毎日のようにこの手紙を見て、お絹への恋情をつのらせていたにちがいない。折り目はすり切れ、紙のふちは手垢で汚れていた。ところどころ文字がにじんでいるのは、弥吉が落とした涙であろう。

手紙を読みおえた瞬間、伊三郎はお絹に会おうと決心した。

松崎数馬から受け取った五十両の金――正確には、弥吉の埋葬料を差し引いた四十九両の金を、お絹にわたそうと思ったのである。そもそもその四十九両は、弥吉が命と引き換えに手に入れた金である。伊三郎がふところにすべき金ではなかった。

弥吉はその金でお絹を身請けしてくれ、といい残して死んでいったが、唐五郎の囲い者になったお絹を、いまさら金で解放することはできなかった。ただ、その金には弥吉の深い想いがこもっている。

それをお絹にわたすことが、お絹に未練を残して死んでいった弥吉への、せめてもの供養になるだろうと伊三郎は思った。

半刻（一時間）後、旅籠の裏口に真新しい棺桶を積んだ大八車が到着した。

番頭が下男たちに手伝わせて、弥吉の亡骸を裏口に運び、納棺した。

旅籠のあるじが宿場ちかくの『善宝寺』という旦那寺に掛け合って、無縁墓地に埋葬してもらうことになったという。伊三郎はすぐ身支度をととのえ、自分の宿代と弥吉の宿代を支払って宿を出た。

黄昏がせまっていた。

吹き抜ける風が身を切るように冷たい。

桑畑につづく一本道を、弥吉の亡骸を積んだ大八車が、ごとごとと轍のひびきを立てながら進んでゆく。その大八車に付き添っているのは伊三郎ひとりである。なんとも寂しい野辺送りだった。


その夜、五ツ（午後八時）ごろ……。

倉賀野河岸の塩問屋『辰巳屋』の裏手の船着場に、ひっそりと二つの影が立った。

番頭の市次郎と『井筒屋』の女中・お葉である。

舟着場には、すでに荷積みをおえた元船（高瀬船）が、その巨大な船影を桟橋に横付けしていた。『和漢船用集』によると、利根川水運に使われた高瀬船は、全長十五尋（約二十三メートル）、幅一丈三尺（約四メートル）、積載量四百石。川船としてはまれに見る大型船であったという。

もう一つ、利根川の高瀬船の特色は、船首寄りに〝世事〟と呼ばれる、船室のようなものが設けられていることであった。世事とは、船頭言葉で炊事場を意味する。板葺屋根の小屋をそっくり船にのせたようなもので、中は船頭や舟子の居室兼炊事場になっていた。この世事はほかの川船にはなかった。長丁場を航行する高瀬船ならではの設備である。

桟橋をわたって船に乗り込むと、市次郎はそこにお葉を案内した。

中は六畳ほどの細長い板敷きの部屋になっている。江戸に着くまでの五日間、船頭と三人の舟子がこの部屋で寝起きをともにするのである。

板壁の棚には煮炊きをするための鍋や釜、七輪、食器などが乱雑に積んである。

床は筵敷きで、部屋のすみに煎餅蒲団が山積みにされていた。汗臭い男の臭いが充満している。

お葉は筵敷きの床に腰を下ろすと、両手をついて市次郎に深々と頭を下げた。

「お世話になりました」

「では、お気をつけて」

一礼して、市次郎は船を下りていった。

船頭や舟子たちの動きがにわかにあわただしくなった。

錨が引き上げられ、もやい綱がはずされる。

三人の舟子たちが掛け声をかけながら、水棹で船を押しはじめた。

四百石積みの高瀬船は、ひたひたと水音をたてながらゆっくり桟橋を離れ、その巨体を烏川の流れにゆだねていった。

『辰巳屋』の元船が出航して、須臾のあと……。

倉賀野宿の宿場通りに、三度笠をかぶり、道中合羽をまとった伊三郎の姿があった。

通りはあいかわらずのにぎわいである。そのにぎわいには、河岸特有の殺伐とした気配がただよっていた。

倉賀野河岸には、九千余の荷船があったという。

それに対して宿場の人口は、男が千四百十七人。女が九百八十五人。なんと人口の四倍の船が毎日のように運航していたのである。〝川の湊町（みなとまち）〟といわれるだけに、男のほとんどは、舟問屋の奉公人や河岸蔵（ぐら）で働く者たちばかりで、女の大半は飯盛旅籠や茶屋、小料理屋、居酒屋で働く接客婦ばかりであった。

伊三郎は盛り場の一角の煮売屋に足を踏み入れた。弥吉の野辺送りをすませたあと、すぐその足で倉賀野にむかったので、まだ夕食をとっていなかった。

燗酒一本と鮒（ふな）の甘露煮（かんろに）、漬物、どんぶりめし、味噌汁を注文した。

伊三郎はひさしぶりに酒の味を楽しみながら、猪口をかたむけた。なにやら憑（つ）き物が落ちたように心も晴れやかだった。松崎数馬から受け取った金——というより弥吉が残していった金を、お絹にわたしてしまえば、それで伊三郎の役割はおわるのである。

今夜は倉賀野の旅籠に泊まり、あしたからはまた流浪の旅になる。

——行き先は、やはり伊豆がいいだろう。

伊豆は気候が温暖なせいか、人情味のある貸元親分衆が盤踞（ばんきょ）している。そうした貸元衆の賭場をたずね歩き、博奕で小金を稼ぎながら食いつないでゆけば、何とかひと冬ぐらいは越せるだろう。

そんなことを茫漠と考えながら、伊三郎は徳利の酒を飲みほし、鮒の甘露煮でめしを食べはじめた。

と、そこへ……。

二人の男がずかずかと入ってきた。二人とも紺色の半纏をまとい、茶縞の着流しに長脇差を落とし差しにしている。一見して唐五郎一家の身内衆とわかるいでたちである。

「卯之助の野郎が『舟清』にすっ飛んでいったが、何かあったのか?」

一人がいった。

「さァな。あいつの考えてることはさっぱりわからねえ」

伊三郎の目がするどく光った。

卯之助が藤岡の伝兵衛の子分であることを、伊三郎は知っている。というより体が覚えていた。卯之助には伝兵衛一家の土蔵で手ひどく痛めつけられたからだ。

(卯之助のねらいは、松崎数馬だ)

直観的にそう思った。伊三郎は卓の上に代金をおいて立ち上がり、三度笠と合羽を小脇にかかえて何食わぬ顔で店を出た。

三度笠をかぶり、道中合羽をひらりと引き廻して身にまとうと、伊三郎は往来の人混みをかきわけるようにして、一目散に走り出した。

なまこ壁の土蔵がつらなる路地をぬけて、倉賀野河岸に出た。そこから土手づたいに東にむかって走る。

今夜も満天の星空だ。青々と照らし出された土手道を、伊三郎は道中合羽を風になびかせながら、ひたすら走った。まるで翼（つばさ）を広げた大鴉（おおがらす）が闇の中を飛んでゆくような姿であり速さであった。

5

ぎし、ぎし、ぎし……。

かすかな櫓音（ろおと）が聞えてきた。

松崎数馬は座敷の障子窓を引き開けて、表を見やった。

闇の奥に船行灯（ふなあんどん）の明かりがにじんでいる。『辰巳屋』の元船の明かりだった。

高瀬船の巨大な影が、川面に銀色の航跡を描いてゆっくり接近してくる。

数馬は、手行李をつつんだ風呂敷包みをたすきがけにして背負うと、急いで階段を下りて表に飛び出した。船行灯の明かりが目の前にせまっていた。

数馬は船着場の石段を駆け降りて桟橋に立った。

元船の左舷(さげん)がゆったりと桟橋に接岸した。舟子が一人、ひらりと桟橋に飛び移り、桟橋の杭(くい)にもやい綱(づな)を巻きはじめた。数馬は待ち切れぬように船に飛び乗った。

船首の世事から、お葉が姿を現した。

「お葉！」

「数馬さま」

ひしと抱き合った。交わす言葉もなく、ただ抱き合った。

二人の舟子が、数馬とお葉には目もくれず船を下りていった。

船宿のあるじ夫婦が小さな樽(たる)や菰(こも)包みを運び出している。それを舟子たちが黙々と船に積みこみはじめた。どうやら『辰巳屋』の元船は、船旅に必要な野菜や米、味噌、醤油などをこの船宿で調達しているらしい。

数馬がお葉の体をそっと離して、

「──おまえには散々苦労をかけたが」

　ささやくようにいった。

「その苦労も今夜でおわりだ。おれと一緒に江戸へ行こう」

「江戸へ？」

「江戸の藩邸で一緒に暮らすのだ」

「…………」

　信じられぬ言葉だった。お葉は声をつまらせた。切れ長な目が涙でうるんでいる。

「わかるか？　お葉。おまえを娶るということなのだ」

　お葉は目を見張った。自分の耳を疑った。夢の中で数馬が誰かほかの女にささやいている。そんな錯覚におちいっていた。

「いまになって思い立ったことではない。江戸を発つときから考えていたのだ。無事にお役目を果たしたら、おまえを江戸に呼び寄せて一緒に暮らそうとな」

「…………」

　たまらず、お葉は嗚咽した。小さな肩が震えている。数馬がやさしく抱き寄せた。吹きわたる川風の冷たさも、いまの二人には気にならなかった。

世事から船頭が出てきて、遠慮がちに二人に声をかけた。

「表は冷えやすから、どうぞ、中へお入りなさいまし」

「うむ」

と、お葉をうながして世事の戸口に足をむけたときである。突然、

「な、何だい。おまえさんたちは！」

船宿のあるじの驚声がひびいた。

思わず振りむくと、やくざふうの男が四人、立ちふさがるあるじ夫婦を荒々しく押しのけて、船着場にむかって突き進んできた。卯之助と三人の子分だった。

数馬はとっさにお葉をかばって、刀の柄に右手をかけた。

「松崎数馬ってのは、おめえさんかい？」

卯之助が桟橋に立ってだみ声をあげた。

「おれに何の用だ？」

「別に用事はねえ。おめえさんに死んでもらうだけさ」

「おのれ」

数馬は抜刀して、船から桟橋に飛び下りた。

「やっちめえ！」

卯之助がわめくと同時に、三人の子分が長脇差を抜き放って斬りかかってきた。

数馬は藩主の側近くに仕える近習（きんじゅう）である。当然のことだが、剣の心得はあった。

だが、相手は剣の流儀も刀法も知らぬやくざ者である。しかも四人。間合いも間境（まざかい）もなく、ただやみくもに息もつかせず斬り込んでくる。

その勢いに圧倒された。

船頭や舟子たちは恐れをなして、世事に閉じこもっている。

必死に斬りむすびながら、数馬は元船の船上に目をやった。お葉が怯えるように船荷の陰に座り込んでいた。四人の男たちは、お葉の存在に気づいていない。

それだけが救いだった。

「死ね！」

左横から斬撃（ざんげき）がきた。間一髪、うしろに跳び下がって切っ先をかわした。正面の男がすかさず斬りかかってきた。それを刀の峰ではね上げ、右に走った。そこに卯之助がいた。刃うなりをあげて、横殴りの一刀が飛んできた。さすがにかわし切れなかった。

右肩に焼けつくような熱い痛みが奔(はし)った。右手の袖口にたらりと血が流れた。刀を持つ手がしびれている。急速に力がぬけた。数馬はすぐさま刀を左手に持ち替えた。

卯之助と三人の子分は、半円形に数馬を取り囲んだ。

数馬はじりじりと後ずさった。背後は川である。引いた左足(さそく)は桟橋の敷き板のふちにかかっていた。もはや一歩もあとには退けない。文字どおり背水の陣である。もっとも卯之助たちもせまい桟橋の上では思うように動けなかった。

「おうりゃ！」

けだもののような雄叫(おたけ)びをあげて、卯之助が叩きつけるような斬撃を送ってきた。

数馬は一歩踏み込んでそれを受け止めると、鎬(しのぎ)を合わせて卯之助の内ぶところに飛び込んだ。これは「そくい付け」という防御の刀法である。

相手が押し込んでくれば引き、引けば押し返し、上げれば上げ、下げればまた下げて、常に力を拮抗(きっこう)させることによって、相手の太刀を殺す。まるで続飯(そくい)（めし粒を練って作った糊(のり)）で貼りつけたように、鎬を合わせた刀が離れないところからその名がついた。

「う、ううッ」

卯之助の顔が真っ赤に紅潮した。

そのとき、右から斬りかかってくる男の姿が目のすみによぎった。数馬はとっさに卯之助の体を突き放し、上体を反転させて刀刃をかわした。切っ先がわずかに脇腹をかすめ、ひりっと痛みが奔った。大した痛みではなかったが、斬られた場所が悪かったのか、突然、左脚が痙攣した。

体が大きく前にのめったが、かろうじて桟橋の杭で体を支えた。卯之助の顔に残忍な笑みが浮かんだ。手負いの獲物を追い込むように、四人の男がじわじわと包囲網を縮めてゆく。数馬の顔がゆがんだ。利き腕の右手が使えない上に、左脚も痙攣している。

それを見きわめた上で、一人が数馬の右に、もう一人が左に立った。それぞれ二間（約四メートル）の間合いである。そして卯之助と別の一人が数馬の正面に立った。

絶体絶命の死地だった。

左手で刀をかまえながら、数馬は観念するように静かに目を閉じた。

自分が殺されるのはいい。だが、お葉だけは巻き添えにしたくなかった。船頭が早く船を出してくれることを心の中で祈った。

「ふふふ、どうやら勝負が見えたようだな。松崎さん」

勝ち誇った笑みを浮かべて、卯之助がゆっくり長脇差を振り上げた。その瞬間、

びしっ。

と石礫（いしつぶて）が卯之助の腕に当たった。四人がほとんど同時に背後を振り返った。

石段の上に、三度笠、道中合羽の伊三郎が仁王立ちしていた。

「て、てめえは！」

「あっしの顔を見忘れちゃいめえな」

低くいって、伊三郎は三度笠のふちを押し上げた。卯之助は思わず息を飲んだ。

「てめえ、まだこんなところをうろついていやがったか！」

「この間の借りを返させてもらうぜ」

「ぬかすな！」

四人が長脇差を振りかざして石段を駆け上っていった。

しゃっ！

星明かりを受けて、伊三郎の長脇差が一閃の銀光を放った。

真っ先に斬りこんできた男が、悲鳴とともに大きくのけぞり、石段の上から烏川の川面に転落していった。ざぶんと水音が立った。

二人目が伊三郎の脚をねらって横殴りの斬撃を送ってきた。

伊三郎は跳躍して刀刃をかわし、着地と同時に、その男の頭頂に拝み打ちの一刀をあびせた。まるで西瓜を断ち割ったように、男の頭蓋がまっ二つに割れ、血しぶきと白い脳漿をまき散らしながら、石段をころげ落ちていった。

「野郎ッ！」

卯之助がしゃにむに斬り込んできた。

刹那。伊三郎の道中合羽が大きくひるがえった。卯之助の目に映ったのはそれだけだった。伊三郎の姿が消えていた。卯之助はたたらを踏みながら、すばやく体を反転させた。そこへ真っ向唐竹割りの一撃が振ってきた。

「ぎえ！」

奇声を発して、卯之助がのけぞった。胸元が大きく斬り裂かれている。裂けた着物の奥に赤い肉と白いあばら骨が浮き出ていた。虚空をかきむしりながら、卯之助は川に転落していった。

伊三郎は長脇差を鞘におさめると、すぐさま四辺に目をやった。三人目の子分の姿が見当たらなかった。卯之助と斬り合っているすきに逃げたのだ。

伊三郎は小さく舌打ちしながら、石段を下りて桟橋に立った。

松崎数馬が桟橋の突端の杭に放心したようにもたれている。かたわらに、お葉が心配そうな顔で立っていた。

「大丈夫ですかい？」

歩み寄って、伊三郎が声をかけると、数馬はゆっくり顔をあげて、

「大した傷ではない。おぬしのおかげで助かった。あらためて礼を申す」

「それより……」

伊三郎は気がかりな目で背後の闇に視線をめぐらした。

「追手がこねえうちに、ここを発ったほうがいいですぜ」

「うむ」

お葉が、いたわるように数馬の手をとりながら、伊三郎を見た。

「このご恩は一生忘れません。本当にありがとうございました」

それには応えず、伊三郎は視線を船上にむけた。

「船頭さん、もう心配はいらねえ。早く船を出してやってくれ」

「へい」

船頭と三人の舟子が世事から出てきて、あたふたと出航の準備に取りかかった。

「では」

と数馬が一礼し、お葉とともに船に乗り込んだ。二人は船べりに立って、桟橋の伊三郎を振り返り、もう一度深々と頭を下げた。

もやい綱がはずされて、船はゆったりと桟橋を離れていった。

伊三郎は桟橋に佇立(ちょりつ)したまま、遠ざかる船を見送った。

船上で数馬とお葉が手を振っている。その姿がしだいに小さくなり、やがて深い闇の奥に溶け消えていった。

船は五日後に江戸に着く。数馬とお葉の旅もそこで終わる。だが、無宿渡世の伊三郎の旅に終わりはなかった。

青い闇の奥に、元船の船行灯の明かりが、小さな点となって流れてゆく。

一路、江戸へ……。

第六章　風花(かざはな)

1

「逃(のが)したか……」

腕組みをしながら、西尾甚内がうめくようにつぶやいた。同じ言葉を西尾は、もう三度もつぶやいている。その前で川浪軍次郎が苦い顔で盃(さかずき)をかたむけていた。

倉賀野宿の旅籠の一室である。つい先ほど船宿『舟清』から逃げ帰った伝兵衛一家の子分の一人が、『舟清』の船着場で起きた事件の一部始終を二人に報告したのである。

「江戸に引きもどったとなると……」

川浪が盃に酒をつぎながら、ぼそりといった。

「例のものは、すでに松崎の手にわたってしまったのかもしれませんな」

「いや、まだわからんぞ」

西尾がかぶりを振った。

「尻尾を巻いて逃げ帰ったのかもしれぬ」

「いずれにせよ、確かめてみなければ……」

「確かめる？」

「松崎の逃亡を手助けしたのは、塩問屋『辰巳屋』だそうです。とすれば『辰巳屋』のあるじが子細を知っているのではないかと」

「なるほど」

ことりと盃を膳の上において、西尾が狷介(けんかい)な目つきで川浪を見た。

「あるじの住まいはわかっておるのか」

「伝兵衛の子分から聞いております」

「よし。善は急げだ。そやつを締め上げてみよう」

「はっ」

川浪も盃をおいて立ち上がった。

旅籠を出て西へ一丁（約百九メートル）ほど行った四つ角を、二人は左に曲がった。

そのあたりは民家や小商いの店が混在するごみごみとした町である。ほとんどの家が明かりを消してひっそりと寝静まっていた。入り組んだ路地を右に左に曲がりながら、しばらく行くと、やや広い道に出た。

道の両側には、垣根や黒板塀をめぐらした桟瓦屋根（さんがわら）の大きな家が、ずらりと立ち並んでいる。現代（いま）ふうにいえば高級住宅街である。

先を行く川浪が、四、五間（約七〜九メートル）先の路地角で足をとめて、背後の西尾を振り返った。

「あの家ではないかと」

指さしたのは、路地の突き当たりに立っている切妻（きりづま）造りの瀟洒（しょうしゃ）な家だった。満天星（どうだん）の垣根越しにほのかな明かりが見えた。西尾は無言で川浪をうながした。

「ごめん」

戸口に立って、川浪が声をかけた。ややあって、引き戸がからりと開き、手燭（てしょく）を持った男がけげんそうに顔をのぞかせた。

「『辰巳屋』のあるじ、嘉兵衛だな」

「はい。お武家さまは？」

「長岡藩横目、川浪軍次郎と申す」

「横目！」

　嘉兵衛の顔が凍りついた。

「少々、訊ねたいことがある」

　川浪の背後から、西尾がうっそりと歩を踏み出した。

「松崎数馬が江戸にもどったのは、どんな理由があってのことなのだ」

「あ、あいにくでございますが……、て、手前は何も存じあげません」

「とぼけるな」

　川浪が一喝した。

「松崎が『辰巳屋』の船で江戸にむかったことはわかっているんだ。その手配をしたのが貴様だということもな」

「な、何かのおまちがいではないでしょうか。手前は本当に……」

　いいかけたとき、奥から女房のおつながが心配そうに出てきて、

「どうなすったんですか？」

と不審な目で川浪と西尾の顔を見た。

「いいところへきた」

川浪の目に冷酷な光がよぎった。いきなり玄関に踏み込み、式台に立っているおつなの手をつかみ取って、三和土(たたき)に引きずり下ろした。

「あっ」

と、よろめくおつなを羽交締(はがいじ)めにするや、川浪は脇差を抜きはなって、刃先をぴたりとおつなの喉元に突きつけた。

「な、何をなさいます！」

嘉兵衛が叫んだ。

「訊かれたことに素直に答えるんだ。さもないと女房の命はないぞ」

「ご、ご無体(むたい)な……」

「もう一度訊く」

西尾が突き刺すような目で嘉兵衛を見た。

「松崎数馬が江戸にもどった理由は何なのだ?」

「………」

嘉兵衛の目が激しく泳いだ。躊躇(ためら)いというより、それを聞いてどうするつもりなのか、二人の真意を推しはかっている目つきである。

「女房の命が惜しくないのか！」

わめきながら、川浪がおつなの喉元にあてた脇差をわずかに引いた。

「あっ」

と、おつなの口から小さな叫びが洩れた。喉元から糸を引くように、ひと筋の血がしたたり落ちた。さすがに嘉兵衛は顔色を失った。

「お、おやめください！　申し上げます。何もかも申し上げますので、家内の命だけは……、なにとぞ！」

「よし」

川浪が脇差の刃を離した。

「松崎さまは……、念書を持って……、江戸にお帰りになりました」

「念書を？　……その念書はどこで手に入れたのだ」

西尾が険しい顔で訊いた。

「伊三郎という渡世人さんからです」

「伊三郎？」

その名に聞き覚えがあった。藤岡の伝兵衛一家の土蔵から逃げ出した渡世人である。

「そうか……。やはりあの渡世人は弥吉の仲間だったか……」

「手前が知っていることは、すべてお話しいたしました。どうか、どうか家内を離してやってくださいまし」

嘉兵衛が懇願(こんがん)する。西尾の目がぎらりと光った。

「おまえたちには顔を見られた。後々、面倒なことになると困るのでな。気の毒だが、死んでもらおう」

「そ、そんな……！」

思わず後ずさりした瞬間、西尾の抜きつけの一刀が、嘉兵衛の胸を袈裟がけに斬り下ろしていた。胸元に裂け目が走り、すさまじい勢いで血が飛び散った。

嘉兵衛の体が大きくのけぞり、壁にどすんと背中を突いて、三和土にころげ落ちた。

「おまえさん！」

おつなが悲鳴をあげた。川浪の脇差が一閃した。ぶつんと音がして首の血管(ちくだ)が切断された。おつなは口を開けて何か叫んだが、声にならなかった。切り裂かれた喉から息が洩れたのである。無声の叫びをあげて、おつなは三和土(たたき)に崩れ落ちた。

西尾は冷ややかな目で二人の死骸を見下ろし、刀の血ぶりをして鞘におさめると、

「行こう」

あごをしゃくって川浪をうながした。

血の海と化した玄関の三和土に、折り重なるように嘉兵衛とおつなの死骸がころがっている。さながら地獄絵図だった。

それから四半刻（三十分）後……。

宿場通りの雑踏の中に、伊三郎の姿があった。

船宿『舟清』の船着場で、松崎数馬とお葉がのった船を見送ったあと、烏川の土手づたいに倉賀野河岸に出て、ふたたび倉賀野宿にもどってきたのである。

今夜はこの宿場の旅籠に泊まり、明日の朝、お絹をたずねるつもりだった。といってもお絹がどこに住んでいるのか、伊三郎は知らなかった。まず飯盛旅籠『武蔵屋』をたずねて、お絹の姉・お恵に聞こうと思っていたのである。

宿場通りのほぼ中央に五、六十坪ほどの空き地があり、その空き地に面して問

屋場が立っていた。問屋場とは宿場の行政万般をつかさどる役所で、主宰者の問屋、それを補佐する年寄、下役の帳付、人足指、馬指、迎番などが交代でここに詰めていた。彼らを総称して宿役人といった。

煌々と明かりをともした問屋場の前に、時ならぬ人だかりができていた。

伊三郎は足をとめて、人垣の中をのぞき込んだ。

問屋場の土間に、筵をかぶせた戸板が二枚おかれてあった。そのかたわらに宿役人二人と商人ふうの男がかがみ込み、筵をめくって何やらひそひそと話しこんでいた。

筵の下にあるものが死体であることは、一目でわかった。様子から察すると、三人は死体の傷を検めているようだった。

ややあって、商人ふうの男が沈痛な面持ちで立ち上がり、二人の宿役人に丁重に頭を下げて背を返した。三度笠の奥の伊三郎の目が、意外そうに男を見た。

男は『辰巳屋』の番頭・市次郎だった。

人垣をかきわけてそそくさと立ち去る市次郎のあとを、伊三郎は小走りに追った。

「市次郎さん」

伊三郎が声をかけると、市次郎はぎくりと足をとめて振り返った。長身の伊三郎を見てすぐそれとわかったのだろう。ほっとしたような顔で、

「伊三郎さん、ですか……」

「何かあったんですかい？」

市次郎の顔が曇った。悲痛ともいえる表情である。声を震わせていった。

「旦那さまと内儀(おかみ)さんが何者かに殺されたんです」

「……」

思わず伊三郎は息を飲んだ。嘉兵衛とは、昼間『舟清』で会ったばかりである。温厚で誠実そうな男だった。危険を承知で松崎数馬の逃亡を手助けする気骨も備えていた。その嘉兵衛がわずか数刻後に殺されるとは……。

無惨の一語につきた。

ひさしく忘れていた怒りという感情が、伊三郎の胸にわき立っていた。

「ここでは、人目につきますので」

往来の目を気にするように、市次郎が路地にうながした。伊三郎は無言であとについた。

「先ほど用事があって旦那さまの家をたずねたところ……」

歩きながら、市次郎が沈痛な表情で語る。

「玄関に旦那さまと内儀さんが血まみれで倒れていたんです」

「死体はどんな様子だったんで？」

「むごいことに、旦那さまは胸を一太刀で斬られ、内儀さんは喉を裂かれておりました」

「一太刀？　……というと、得物は刀ってことですかい」

「そうにちがいありません」

「…………」

得物が刀であれば、下手人は侍ということになる。市次郎の一言で、伊三郎の脳裏にはすでに明確な答えが出ていた。

――長岡藩横目頭の西尾甚内と配下の川浪軍次郎。

浪人・坂部重四郎から聞いた名である。下手人はその二人にちがいなかった。

無性に腹が立った。

他人との関わりやしがらみをかたくなに避けてきた伊三郎だったが、なぜか嘉兵衛の死に対しては、抑えようのない怒りがふつふつとたぎり立っていた。

「ところで」

市次郎が足をとめて、振り返った。

「伊三郎さんは、どちらへ行かれるので？」

「旅籠を探しておりやした。今夜は倉賀野に泊まって、明日の朝、ここを発とうかと」

「そうですか。よろしかったら、手前の家にお泊まりになりませんか」

「市次郎さんの家に？」

「すぐ、この先でございます。ひとり暮らしをしておりますので、どうぞ、お気がねなく」

そういうと、市次郎は伊三郎の返事も待たず、先に立って足早に歩き出した。

二年前に女房と死別した市次郎は、宿場内の小さな貸家でやもめ暮らしをしていた。

縦横に交叉（こうさ）する路地を二度ばかり曲がったところに、その家はあった。以前は居職（いじょく）の指物師（さしものし）が住んでいたという六畳二間の古い小さな家である。中に入ると、市次郎は手早く火鉢に炭火をおこし、台所から貧乏徳利と猪口を持ってきて、

「旦那さまと内儀さんの回向（えこう）のために、献杯（けんぱい）してやってくださいまし」

と猪口に酒をついで差し出した。伊三郎はそれをぐびりと飲みほして、

「市次郎さん」

するどい目で市次郎を見た。

「下手人は長岡藩の横目とみてまちがいねえでしょう」

「はい」

市次郎が深くうなずいた。市次郎もそう確信していたのである。もっともそれを裏付ける確証は何もないので、宿役人に西尾たちのことは一言も話していなかった。

猪口の酒を飲みながら、伊三郎は『舟清』で起きた事件を打ち明けた。

「藤岡の伝兵衛一家が、松崎さまを……！」

市次郎が驚くのも無理はなかった。数馬とお葉は何事もなく船に乗って江戸に発ったものと思い込んでいたからである。

「あっしが一足遅れていたら、松崎さんはどうなっていたか……」

「では、伊三郎さんがその連中を？」

「斬りやした」

「そうですか。では、松崎さまとお葉さんは、無事に江戸へ」

市次郎の顔に安堵の色が浮かんだ。

「ただ、一人だけ討ち洩らしちまいやしてね。おそらく、そいつが横目頭の西尾甚内に知らせたんでしょう」

松崎数馬が『辰巳屋』の船で江戸にもどったことを知った西尾は、その報復のために嘉兵衛を殺したのではないか、というのが伊三郎の推量だった。

「そういうことでしたか」

市次郎は暗然と肩を落として吐息をついた。

「嘉兵衛さんの仇は……、あっしが討ちやす」

「え」

市次郎は虚をつかれたように伊三郎の顔を見た。

「そうしなきゃ、あっしの腹がおさまりやせん」

言葉とは裏腹に、伊三郎の顔にはまったく表情がなかった。陰影の深い面立ちをしているだけに、その表情のない顔がむしろ不気味なほど凄味をおびて見えた。

「貸元には一方ならぬ世話になったが……」

苦虫を百匹も噛みつぶしたような顔で、西尾がうめくようにいった。

2

料理茶屋『桔梗屋』の座敷である。西尾の前に川浪軍次郎、唐五郎、藤岡の伝兵衛の三人が酒肴の膳部をかこんで酒を酌みかわしている。

伝兵衛は、唐五郎の助勢の要請を受けて、一刻半（三時間）前に子分十人を引き連れて倉賀野に着いたばかりである。

「結局、念書を取りもどすことはできなかった。無駄骨を折らせてすまなかったな」

西尾がいった。

「とんでもございません。あっしらのほうこそ何のお役にも立てなくて、面目ございやせん」

伝兵衛が神妙な顔つきで頭を下げた。

「それにしても、渡世人ごときにしてやられるとはな」

「伊三郎のことでございますか」

「ああ、こんなことになるなら、まずあやつを先に探し出して斬るべきだった」

顔をゆがめて、西尾は後悔のほぞを嚙んだ。

「ま、しかし」

川浪が気を取り直すように、

「結果はどうあれ、約束は約束だからな。残りの半金を支払おう」

懐中から切餅を二個取り出して、伝兵衛の膝前においた。伝兵衛はそれをうやうやしく押しいただきながら、

「で、これからどうなさるおつもりで？」

すくいあげるような目で二人を見た。

「もう倉賀野には用はない。一刻もはやく国元に立ち帰り、ご家老にご報告せねばならん。明日の朝いちばんでここを発つつもりだ」

「西尾さまが手ぶらでお帰りになったら、さぞご家老さまも落胆なさるでしょうな」

「なに」

西尾が小鼻をふくらませた。

「安藤主膳どのは、ころんでもただでは起きぬお方だ。それなりに、また何やら秘策をめぐらすに相違あるまい」

「たかが念書一枚でつまずくほど、ご家老の足元は脆弱ではないからのう」

西尾の言葉を受けて、川浪も一笑に付した。

「それを聞いて、あっしも気が楽になりやした。何はともあれ、今夜は倉賀野最後の夜でございます。心ゆくまでお楽しみくださいまし」

伝兵衛が追従笑いを浮かべて酌をする。そこへ着飾った茶屋女が二人、艶然と笑みを浮かべながら入ってきた。

「あちらのお方だ」

唐五郎が小声で女たちを二人の席にうながし、伝兵衛のそばににじり寄って、何事か耳打ちした。伝兵衛が二、三度うなずくと、唐五郎は西尾と川浪の前に膝をすすめ、

「ちょいと野暮用がございまして。あっしはこれで失礼させていただきやす。どうぞ、ごゆるりと」

一礼して、座敷を出ていった。それをちらりと見やって、

「何かあったのか?」

西尾がけげんな顔で伝兵衛に訊いた。

「へえ。高崎の佐太郎一家とちょっとしたもめごとがありやしてね。留守中に何かあるといけねえんで、先に帰らせてもらうと……」

「そうか」

「さァ、どうぞ」

二人の茶屋女が、西尾と川浪にしんなりとしなだれかかって酌をする。

つい先ほどの苦り切った表情から一変して、西尾と川浪の顔に満面の笑みがこぼれた。茶屋女が口三味線で歌を唄い、西尾が手拍子をとる。

座が一段と盛り上がったそのころ……。

『桔梗屋』を出た唐五郎は妾宅（お絹の家）にむかっていた。

勝沼の佐太郎一家の身内に殴り込みをかけてから、身辺に佐太郎一家の手が迫るのを警戒して、唐五郎は一度も妾宅に泊まることはなかった。妾宅はもっとも無防備な場所だからである。それにこんな緊迫した時期に、女にうつつをぬかしていることが世間に知れたら、子分たちに示しがつかない。

そう思ってしばらく妾宅通いは控えるつもりでいたのだが……、

（今夜は心配ねえだろう）

腹の中でつぶやきながら、唐五郎は好色な笑みを浮かべた。

敵対する博徒同士は、宿場を行き来する行商人や伝馬人足たちから、常に相手方の情報を集めている。今夜、藤岡の伝兵衛が十人の手勢を連れて倉賀野にやってきたことは、すでに佐太郎一家の耳にも届いているにちがいなかった。それを承知で佐太郎一家のほうから喧嘩を仕掛けてくるということはまずあり得まい、と唐五郎は読んだのである。

浮き立つような心持ちで妾宅の引き戸を開けると、

「親分ですか」

奥の襖が開いて、めずらしくお絹が玄関に出迎えにきた。だが、その顔にはあいかわらず表情がなかった。

「ひさしぶりに今夜は泊まっていくぜ」

「夕飯は召し上がったんですか」

「ああ」

唐五郎は気もそぞろに寝間に入り、衣服をぬいで寝衣（ねまき）に着替えた。

「お絹、おめえもさっさと寝衣に着替えるんだ」

急くような声でいった。あからさまな床急ぎである。

「その前に何かお腹に入れておいたほうがよろしいのでは……」

「めしは食ったといっただろう」

「お酒はいかがですか」

「酒も飲んできた」

『桔梗屋』で猪口に二、三杯の酒を飲んできただけだが、唐五郎の顔は真っ赤に染まっていた。いかつい顔に似合わず、唐五郎は酒に弱いのである。

「けんちん汁を作ったんですけど、一杯食べてみませんか」

お絹がいつになく執拗にすすめるので、

「わかった。じゃ一杯だけ食おう」

面倒くさそうにそういうと、ゆうに二十貫（約七十五キロ）はあろうかという巨体を、ごろりと蒲団の上に横たわらせた。

お絹は背を返して台所に行き、けんちん汁の鍋を竈にかけると、棚の上から紙包みを取って開いた。中身は附子である。それをまな板にのせて三寸（約九センチ）ほどの長さに切り、こまかくきざみはじめた。

けんちん（巻繊）汁は、大根・ごぼう・シイタケ・キクラゲなどを繊に切って油でいため、崩し豆腐をくわえて煮ふくめたものだが、これを湯葉で巻いて春巻きふうにして食べる料理法もあった。室町時代に中国から伝来した帰化料理である。

お絹がけんちん汁に着目したのは、具が多いので附子を混入させても、気づかれる恐れがないためだった。

ほどなく鍋が煮立ちはじめた。鍋の蓋をとって煮立った汁を椀に盛り、その中にきざんだ附子をたっぷり投入し、盆にのせて寝間に運んだ。この汁を飲めば、たちどころに唐五郎は心ノ臓を止めるはずである。

盆を居間において、寝間の襖を開けた。

唐五郎が蒲団の上に大の字になって、雷のような大いびきをかいている。

「親分……、親分」

二、三度声をかけても、唐五郎はまったく目を覚ます気配を見せなかった。お絹があきらめて、襖を閉めようとしたとき、ふいに、

「ぐわッ」

と異様な声をあげて、唐五郎がはじけるように飛び起きた。

「お目ざめですか」

「ああ」

眠たそうに目をこすりながら、ぼんやりとお絹を見上げた。

「うっかり寝込んじまった。……できたのか？」

「はい。こちらに」

唐五郎がのそのそと蒲団から這い出てきて、

「おう、うまそうだな」

盆の前にどかりと腰をすえるなり、けんちん汁の椀を手にとって、一気に腹に流し込んだ。お絹は能面のように表情のない顔で、じっと見守っている。

「うむ。うまかった」

口の端についた汁を手の甲で拭うと、唐五郎はいきなりお絹の手を取って立ち上がった。

「さ、抱いてやるから床にこい」

「そんなに急かさないでくださいな。お椀を片づけてきますから」

唐五郎の手を振り切って腰をあげようとすると、突然、

「うっ、ううう……」

唐五郎が白目をむいて苦しみはじめた。

いる。

「親分……、どうなさったんですか」

「む、胸が……。胸が苦しい。……、息がつけねえ……」

うめきながら、胸のあたりをかきむしった。カッと見開いた目が真っ赤に充血し、額に青筋が浮いている。お絹は立ちすくんだまま、氷のような目で見守っている。

「お、お絹、助けて……、くれ」

唐五郎がよろよろと近づいてきた。両手を突き出して、お絹に抱きつこうとする。お絹はとっさに二、三歩後ずさった。唐五郎の体が前にのめった。そのままドサッとうつ伏せに倒れ込んだ。瘧（おこり）にかかったように全身が激しく痙攣（けいれん）している。

寸秒もたたぬうちに、痙攣がとまり、唐五郎の四肢がぐったりと弛緩（しかん）した。

お絹は何事もなかったように、倒れている唐五郎のかたわらにかがみ込み、汁椀をのせた盆を取ろうとした。その瞬間、いきなり唐五郎の手がのびて、お絹の手首をむんずとつかんだ。

（あっ）

お絹は度肝をぬかれた。心ノ臓が飛び出るほど驚いた。唐五郎がすさまじい形（ぎょう）

相でお絹をにらみつけている。血の気が失せて青ざめたその顔は、まさに死霊そのものだった。

「お、お絹……、一服……、盛りやがったな……」

地獄の底からひびくような声である。お絹は驚愕のあまり、声を失った。

「ち、ちくしょう」

その言葉を最後に、唐五郎はお絹の手首をにぎったまま、がっくりと首を折って絶命した。お絹の口からほっと安堵の吐息が洩れた。唐五郎の指を一本一本、引き剝がすようにして、つかまれた手首をはずした。

と、そのとき……。

玄関の引き戸が開く音がした。廊下に足音がひびき、襖がからりと引き開けられた。お絹は驚くふうもなく、ゆっくり振り返った。そこに丈八が立っていた。

「うまくいったようだな」

丈八がにやりと嗤った。お絹の顔にはまったく表情がない。黙って汁椀をのせた盆を台所に運んでいった。

丈八は、倒れている唐五郎の両腕をとって、ずるずると寝間に引きずっていった。死んだ人間の体はひどく重い。しかも唐五郎は二十貫余の巨漢である。ようやく蒲団の上に寝かせ、寝衣の乱れを直して、その上に掻巻をかけた。

そこへお絹が入ってきた。あいかわらず能面のように表情のない顔で、蒲団の上の唐五郎の死骸を見下ろした。まるで眠っているがごとき姿だった。

「朝まで、このままにしておくんだ」

丈八がいった。

「ころあいを見計らって、おれが伝兵衛親分を呼んでくる。残りの附子は裏庭にでも埋めておけ」

お絹がこくりとうなずいた。

3

九月下旬にしては、妙に暖かい朝だった。

西尾甚内と川浪軍次郎は、旅籠の部屋で早い朝食をすませると、すぐさま身支度をととのえて、鳥が飛び立つようにあわただしく旅籠を出た。

二人は中山道を西にむかって歩をすすめた。

街道に白い朝靄がただよっている。時刻は六ツ半（午前七時）ごろである。朝が早いせいか、行き交う旅人の姿もなく、街道はひっそり静まり返っている。

朝靄のかなたに榛名山の山容が墨絵のようににじみ立っている。

「昨夜は、いささか度がすぎたようだな」

歩きながら、西尾が淫靡な笑みを浮かべた。思い出し笑いである。

「何しろ、二人の女が相手ですからな」

川浪の顔にも卑猥な笑みがこぼれた。

「わしはひさしぶりに二度も精を放った。さすがに疲れた。腰が重い」

「今夜は早めに宿をとって、ゆっくり休みましょう」

昨夜は倉賀野最後の夜ということもあって、茶屋女を相手に思い切り羽目をはずした。二人の女を交互に閨に引き込んで、未明まで荒淫のかぎりをつくしたのである。まさに「旅の恥はかき捨て」を地でゆくご乱行だった。

「ところで」

西尾が急に真顔になって、話題を変えた。

「藤岡の伝兵衛には、口から出まかせを申したが……、やはり安藤主膳どのの失脚はまぬがれんだろうな」

「いかな公務繁多な殿でも、あの念書を見れば、座視するわけにはまいりますまい」

「そうなると、わしらも一蓮托生だな」

「手前はすでに覚悟を決めております」

「覚悟?」

「ご家老にことのしだいをご報告した上、暇をもらうつもりです」

「辞めてどうするつもりだ」

「傘張りでもしながら、のんびり長屋暮らしでもしますよ。詰め腹を切らされるよりはましでしょう」

「ま、武士の矜持さえ捨てれば、何をやっても生きてはいけるからな」

そういって、西尾はうつろに笑った。

倉賀野宿の西の棒端をすぎたところに、六体の石地蔵が街道にむかってならび立っていた。地蔵堂のわきに街道を横切るような形で細い道が交叉している。土地の人々はその場所を「六地蔵の辻」と呼んでいる。

二人がそこにさしかかったときである。

行く手の朝靄の中に、忽然として人影がにじみ立った。

二人は思わず足をとめて、不審な目で影を凝視した。飴色に日焼けした三度笠を目深にかぶり、黒の棒縞の道中合羽をまとった長身の渡世人であった。

「なんだ、貴様は」

西尾が声を張りあげた。

「甲州無宿の伊三郎と申しやす」

三度笠の下から、低い声が返ってきた。西尾と川浪の顔に緊張が奔った。

「そうか。貴様が伊三郎か」

西尾の手が刀の柄にかかった。

「わしらに何の用だ？」

「辰巳屋嘉兵衛の仇討ちに参上しやした」

「だ、黙れ！」

川浪が抜刀した。伊三郎は道中合羽の前を合わせたまま、微動だにしない。

かすかに……、ほんのかすかに朝靄がゆれた。

川浪が刀を上段に振りかぶった。それを見て、道中合羽の下の伊三郎の手が長脇差の柄にかかった。もちろん川浪の目には見えなかった。

しきりに足をすりながら、川浪が間合いをつめてくる。三度笠の奥の伊三郎の目は、その足の動きを見ている。次の瞬間、川浪の右足が一刀一足の間境を越えた。

（はあっ！）

無声の気合を発して、川浪が猛然と斬りかかってきた。刹那、ばっ。

と音をたてて、伊三郎の道中合羽が大きくひるがえり、その下から一閃の銀光が流れ出た。と同時に、伊三郎は横に一間（約二メートル）を跳んでいた。

川浪の刀は空を切り、上体が前にのめった。そのわきを伊三郎が風のようにすりぬけ、前のめりになった川浪の背中に袈裟がけの一刀をあびせた。着物が裂けて、剝き出しになった背中に赤い割れ目が走った。肉がめくれ、白い背骨がのぞいている。

異様に体をねじらせて、川浪は声もなく路上に突っ伏した。

西尾があわてて斬りかかってきた。明らかに度を失っていた。上半身に力が入りすぎて足がついてこない。これでは斬り込みの勢いがそがれ、太刀ゆきの速度も落ちる。

「刀は丹田（へその下）で使え」というのが刀法の基本である。剣の達者を自負する西尾だったが、その基本さえも忘れていた。

伊三郎は下からすくい上げるように、西尾の刀をはねあげた。

きーん。

鏘然（そうぜん）と金属音がひびいた。

両断された刀刃が、朝靄を切り裂くように宙を飛び、地蔵堂の板壁に突き刺さった。

一瞬、西尾は信じられぬ顔でおのれの刀を見た。なんと自慢の愛刀が、はばき（鍔元（つばもと））から五寸（約十五センチ）ほどのところでぽっきり折れているではないか。

長脇差を引っ下げた伊三郎がその前に立った。

「これでは勝負にならん」

情けない顔で、西尾が折れた刀を突き出した。

「長脇差を引いてくれ」

「命乞いか」

「国元に帰れば、わしにも妻子がいる。こんなところで野垂れ死にするわけにはいかんのだ」

「あっしの知ったことじゃねえ」

伊三郎が長脇差を振り上げた。と見た瞬間、西尾が腰に差した脇差を、抜き打ちざまに横に払った。だが、それより速く、伊三郎の長脇差が西尾の首すじを薙いでいた。

朝靄の白い薄幕に、花びらを散らしたように、赤い血飛沫(ちしぶき)が飛び散った。

伊三郎の足元にごろんと音を立てて何かがころがった。切断された西尾の首である。

鍔鳴りの音とともに、伊三郎の長脇差が鞘におさまった。西尾の首は蹴鞠(けまり)のようにごろごろと路上をころがり、街道わきの田圃(たんぼ)に落ちた。

伊三郎は道中合羽をひるがえし、倉賀野宿にむかって足早に歩をすすめた。

白い朝靄がゆったりと流れてゆく。

4

早出の職人や人足、商家の奉公人などがあわただしく行き交う宿場の路地を、五人の男たちが強張(こわば)った面持ちで小走りに走ってゆく。

先頭を走っているのは、丈八だった。そのあとを藤岡の伝兵衛と三人の子分がついてゆく。五人は路地の突き当たりのお絹の家に駆け込んだ。

「お絹さん、伝兵衛親分をお連れしたぜ」

丈八が奥へ声をかけると、喪服姿のお絹が蹌踉と飛び出してきて、

「ご苦労さまでございます。どうぞ、お上がりくださいまし」

と四人を奥の寝間に案内した。

寝間の蒲団に、唐五郎の亡骸が横たわっている。顔には白布がかけられ、枕頭に線香をともした香炉がおいてある。

その前に伝兵衛が片膝をついた。白布をはずして、唐五郎の死に顔をのぞき込み、両手を合わせて黙禱したあと、沈痛な表情で背後に座っているお絹を振り返った。

「いってえ何が起きたというんだい？」

「今朝方、急に心ノ臓の発作を起こしまして……、お医者さまを呼ぶ間もなく、寝床の中で息を引き取りました」

お絹がうつむきながら、消え入るような声で応えた。喪服の襟元からのぞいている白いうなじが妙に色っぽい。

「唐五郎が心ノ臓に持病をかかえてるってことは、前々から聞いてはいたが、そ

れにしても……」

伝兵衛はぐすんと鼻を鳴らした。

「三十七歳の若さで逝っちまうとはなァ」

「………」

お絹は黙ってうなだれている。伝兵衛がお絹の背後に控えている丈八に目をむけた。

「丈八」

「へい」

「佐太郎一家がこのことを知ったら、ここぞとばかりに勢いづくにちがいねえ。しばらく唐五郎の死は伏せておくんだな」

「へい」

丈八が神妙な顔でうなずいた。

「宿役人にも口止めしておくんだぜ」

「わかりやした」

「おれはこれから藤岡にもどって、吉井の久蔵や福島の時次郎と跡目の相談をしてくるからな。あとのことは頼んだぜ」

「跡目の相談？」

丈八が意外そうに訊き返した。唐五郎が死んだあとは、てっきり自分が跡目をつぐものと信じきっていただけに、伝兵衛の言葉は意外というより、むしろ心外だった。

博徒の世界では、親分が隠居もしくは死亡した場合、世襲制ではなく、身内の中からもっともその器量にふさわしい者が跡目をつぐことになっていた。その意味で、唐五郎の片腕として代貸をつとめてきた丈八は、跡目相続の資格を十分に備えていた。

しかし伝兵衛からみれば、丈八は自分が直接盃を与えた子分ではなかった。あくまでも唐五郎が盃を与えた男なのである。武家の世界でいえば家臣の家臣、つまり陪臣（またもの）ということになる。

吉井の久蔵と福島の時次郎は、いずれも伝兵衛が直接盃を与えた、いわば直参（じきさん）の貸元だった。伝兵衛はその二人と相談して唐五郎の跡目を決めるという。丈八にとっては思わぬ誤算だった。

「万一に備えて、おれが連れてきた十人のうち七人はここに残しておく。くれぐれも用心するんだぜ」

丈八にそういうと、伝兵衛はもう一度唐五郎の亡骸に手を合わせ、三人の子分をせき立てるようにして部屋を出ていった。

丈八は憮然とした表情で四人を見送ると、寝間の襖をぴしゃりと閉めて、

「なんてこったい！」

吐き捨てるようにいった。

「伝兵衛親分は、おれに跡目をゆずる気なんて初手からなかったんだ！」

「…………」

お絹が表情のない顔で見あげた。丈八はいらだつように部屋の中を歩き回っている。足を踏み鳴らすたびに、赤茶けた畳がぎしぎしときしんだ。その音がはたと止まった。

「もっとも……」

丈八が足をとめて、お絹を見下ろした。

「おれだって、伝兵衛親分についていく気なんかサラサラなかったがな。それに……」

独りごちるようにいって、お絹の前に腰を下ろした。

「伝兵衛親分は、二度と藤岡宿にもどることはねえさ」

「――どういうことなんですか、それは？」

お絹がけげんそうに訊いた。

「佐太郎一家が待ち伏せしてるのよ。烏川の橋の西詰でな」

そういって、丈八はにやりと嗤った。お絹は驚かなかった。あいかわらず能面のように表情のない顔である。

「あと半刻もすりゃ、伝兵衛親分はあの世行きだ。そして、このおれが唐五郎親分の縄張りをつぐことになる。……お絹、おめえもやっと親分の束縛（しばり）から解き放たれるんだぜ」

お絹が遠くを見るような眼差しで、うつろにつぶやいた。

「親分に身請けされてから、わたしは籠（かご）の鳥でしたからねえ」

「親分は人一倍悋気（りんき）のつよい男だったからな。ましてや、おめえは歳も若いし、器量もいい。親分としては気が気じゃなかったんだろうよ。だがな……」

お絹の肩を引き寄せて、ささやくようにいった。

「おれはおめえを籠の中に閉じ込めるような野暮な真似はしねえ。どこへ遊びに行こうが、どこで羽を伸ばそうが、おめえの好きなようにさせてやるぜ」

お絹は一点を見つめたまま、まったく表情を動かさない。

「どうした、お絹。うれしくねえのか」

「それより、大事なことを忘れていました」

　ぽつりといった。

「大事なこと？」

「丈八さんたちがくる前に、辰次郎さんの使いの人がたずねてきて、五ツ（午前八時）までに九品寺の境内にくるようにと、言伝てを頼まれたんです」

「そりゃいけねえ。急がなきゃ……」

　丈八があわてて立ち上がった。

「わたしもお供いたします」

「おめえも……？」

「いずれは、丈八さんの女房になる女ですからね。お目もじしておいたほうがいいでしょう」

「そりゃそうだな」

「すぐ着替えてきますから」

　喪服の裾をひるがえして、お絹は奥の部屋に去った。

　このとき、前庭の植え込みの陰を人影がよぎったことに、二人は気づいていなかった。その人影は、三度笠に道中合羽の伊三郎だった。

つい先ほど、伊三郎は宿場通りの旅籠『武蔵屋』に立ち寄って、お絹の姉・お恵からお絹の住まいを聞いてここへきたのである。

ところが、玄関の前にさしかかったところで、路地を小走りにやってくる丈八や伝兵衛たちの姿に気づき、とっさに物陰に身を隠して一行をやり過ごしたあと、裏の木戸から庭に侵入して、植え込みの陰で二人のやりとりを聞いていたのだ。

陽が昇るにつれて、白い朝靄が銀色に輝いてくる。

時刻は五ツ（午前八時）少し前である。

倉賀野宿から東に半里（約四キロ）ほど離れた中山道を、四人の男が新町宿にむかって足早に歩いていた。いずれも三度笠をかぶり、道中合羽をまとった渡世人である。

藤岡の伝兵衛と三人の子分だった。

倉賀野宿を出てから、伝兵衛は一言も口をきいていない。心なしか足取りも重かった。

――唐五郎の急死。

それは二つの意味で、伝兵衛に大きな痛手を与えた。一つは佐太郎一家と一触即発の危機に直面しているこの時期に、西の縄張りの要（かなめ）である唐五郎を失ったことであり、一つはその唐五郎の跡目をつぐべき人材がいないことだった。

伝兵衛が将来を嘱目（しょくもく）していた若者頭の源造と小頭の卯之助は、流れ者の渡世人・伊三郎に斬られて死んでいる。残る子分たちは、どれもこれも中途半端で、とても唐五郎の跡目をつがせられるような器（うつわ）ではなかった。それが最大の悩みだった。

といって、唐五郎の代貸をつとめていた丈八は、自分が直接盃を与えた子分ではないので、いま一つ信用がおけなかった。

となると、残るのは吉井の久蔵か、福島の時次郎のいずれかを倉賀野にまわし、その抜けた穴を自分の身内で埋めるしか手はない。

あれこれと思案をめぐらしているうちに、前方に烏川が見えてきた。街道にちらほらと旅人の姿も目につくようになった。

烏川は夏場は舟渡しになるが、九月の中旬から翌年の四月末までは橋をわたることができる。橋の西詰に橋番所の掘っ立て小屋が立っている。この番所は冬は無人である。

四人が橋のたもとにさしかかったときである。

それを待ち受けていたように、橋番所の中から六人の男たちがぞろりと姿を現した。六人とも三度笠をかぶり、その下は頬かぶりで顔をおおっている。道中合羽はつけず、着物を黒い紐でたすきがけにしている。一目で喧嘩支度とわかった。

「佐太郎一家か！」

わめくなり、伝兵衛と三人の子分が長脇差を抜きはなった。

「喧嘩だ、喧嘩だ」

通りすがりの旅人たちが、悲鳴をあげて逃げ散った。

六人の男たちがいっせいに長脇差を引きぬいて、土煙を蹴立てながら猛然と突進してきた。街道はたちまち怒号叫喚（きょうかん）の修羅場と化していった。

5

倉賀野宿は、寺の多い宿場としても知られていた。

御朱印二十石の永泉寺（曹洞宗）、二十二石の養報寺（真言宗）をはじめ、安楽寺、林西寺、神宮寺、大覚寺、長賀寺、三光寺、長命寺、阿弥陀堂など、枚挙にいとまがない。

そのほとんどが宿場の前後を防壁のごとく囲繞しているのは、有事のさいに高崎城の前衛基地とするためであった。また参勤交代の大名行列が本陣差し合い（同時到着）となった場合、それらの寺院を休泊施設として使用する目的もあった。

九品寺も、その一つだった。

うっそうと樹葉を生い茂らせた杉木立の中に、ひっそりとたたずむ御朱印十五石、浄土宗の古刹である。

つい半刻ほど前まで、境内をつつみ込んでいた朝靄もいまはすっかり晴れて、朝陽を受けた伽藍の大屋根の瓦が、杉木立の奥できらきらと耀いている。

もちろん参詣人がくる時刻ではない。

人影もなく森閑と静まり返った参道の石畳を、丈八とお絹が乾いた足音を立てて足早にやってきた。と同時に、本堂の裏手の鐘楼から鐘の音がひびきわたってきた。

五ツ（午前八時）を告げる鐘である。

その鐘の音とともに、本堂のほうからゆっくり歩いてくる男の姿が、二人の目路に入った。右目に天保通宝の眼帯をかけた隻眼の男――佐太郎一家の代貸・辰次郎である。

「辰次郎さん」

丈八が足をとめた。口の端に薄笑いをきざみながら、辰次郎が歩み寄ってきた。

「首尾は上々だったそうですね。丈八さん」

「ここにいるお絹の手柄でござんすよ」

「ほう」

辰次郎がちらりとお絹に目をむけた。お絹は無言で頭を下げた。

「唐五郎親分の囲い者だったんですがね。今日からはあっしの女になりやした」

丈八が得意げにいった。

「そりゃ重ね重ねおめでとうござんす」

「伝兵衛親分は、つい先ほど藤岡宿にもどりやした」

「知っておりやす。手下に待ち伏せをかけさせやした。いまごろ烏川の橋の上では血の雨が降ってるでしょうよ」

「辰次郎さんの筋書きどおり、これで倉賀野の縄張りは、佐太郎一家の手に落ちたってわけでござんすね」

「いや、いや」

辰次郎がかぶりを振った。右目をふさいだ天保通宝がゆれて、その下から眼球のない空洞の目が不気味にのぞいた。

「まだ終わったわけじゃありやせんよ」

「え」

「この筋書きにはつづきがありやしてね」

「というと？」

丈八がいぶかる目で見返した。

「佐太郎親分からあずかってきたものがあるんで」

辰次郎が右手をふところに入れた。

「丈八さんに引導(いんどう)をわたしてくれとな」

「引導！」

叫ぶと同時に、辰次郎が体ごとぶつかってきた。ずんと肉をつらぬく鈍い音がした。

　丈八の顔が間延びしたように弛緩した。両眼をぽかんと見開き、口から血のまじったよだれを垂らしている。匕首が深々と丈八の脇腹に突き刺さっていた。

「ま、まさか……」

　信じられぬような顔で、丈八がつぶやいた。上体を辰次郎にあずけたまま、両手をだらりと下げている。辰次郎が匕首を引きぬいた。丈八はよろよろと数歩後ずさり、ぐらりと膝を折って、参道の石畳に尻餅をついた。

「こ、これは、いってえ……」

　どういうことなんだ、といいたげに辰次郎を見あげた。

「おめえも鈍い男だな。まだわからねえのかい？」

　匕首についた血糊を懐紙でぬぐいながら、辰次郎はかたわらに立っているお絹に意味ありげな視線を送った。

「お絹さん、これでおめえさんも本当に自由の身になったんだぜ」

「ありがとうございます」

　お絹が表情のない顔で頭を下げた。それを見て、丈八が悲痛な叫びをあげた。

「お、お絹、おめえ、まさか……！」

「考えてもみなよ、丈八さん」

辰次郎がせせら笑いを浮かべた。

「こんな手の込んだ筋書きが、おれみてえな無学無筆（むひつ）の男に書けると思うかい？」

その一言で、丈八はすべてを察した。信じられないことだが、この筋書きを書いたのはお絹だったのである。

思い起こせば、唐五郎の留守中に丈八を誘惑して、床（とこ）に誘ったのもお絹だった。そのときから、お絹の周到な企てがはじまっていたのである。

丈八はわれを忘れてお絹の肉体にのめり込んでいった。そしてお絹を抱くたびに自分の女にしたいと思うようになった。お絹からそれとなく唐五郎殺しをそそのかされたのも、佐太郎一家の辰次郎がひそかに丈八に接近してきたのも、ちょうどそのころだった。

「おめえが唐五郎を始末してくれりゃ、佐太郎一家にとっても、お絹さんにとっても、こんな結構なことはねえからな」

「お、おれは……、佐太郎一家に寝返ったんだぜ。……そ、その、おれをなんで……、なんで殺さなきゃならねえんだ」

丈八があえぎあえぎいった。脇腹からおびただしい血が流れ出ている。

「そいつは、お絹さんに訊いてみるんだな。おれは急ぎの用事があるんで先に帰らしてもらうぜ。じゃ、お絹さん、達者でな」

いいおいて、辰次郎は着物の尻をはしょって走り去っていった。

「お絹……」

すがるような目で、丈八が見上げた。

「なんで……、なんの恨みがあって、このおれを……」

「恨みはありませんよ」

「じゃ、いってえ、これはどういうことなんだ」

「わたしは、あの飯盛旅籠に売られてから、何十人という男に抱かれてきた」

お絹がうつろな表情で語る。

「そんなわたしを唐五郎が身請けしてくれた。そのときは涙が出るほどうれしかったけど……、でも、結局は同じことだった。わたしは男をよろこばせるための閨(ねや)道具でしかなかった。……唐五郎が死んだって、同じことの繰り返し。今度は丈八さんの閨道具にされるだけじゃないですか」

「………」

「もう、そんな暮らしにはうんざりだった。わたしは誰のものでもない。誰にもしばられずに、自分ひとりで生きていきたかった。……だから」

「だから、辰次郎に……、このおれを……」

「こうでもしなきゃ、いつになっても籠の中から抜け出せませんからね」

「お、おめえって女は……」

そこでぷつりと言葉が途切れた。虚空に目をすえたまま、丈八は上体を大きくのけぞらせて仰向けにころがった。脇腹から流れ出た血が石畳の上にどす黒い血だまりを作った。

まだ息はあった。丈八の血まみれの手が石畳をかきむしっている。

あがき苦しむ丈八には目もくれず、お絹は駒下駄を鳴らして山門のほうへ歩き出した。

山門の檜皮屋根の上に止まっていた数羽の鳩が、ふいにバタバタと羽音を立てて、杉木立のかなたに飛び去っていった。

お絹はふと足をとめて、前方にけげんそうな目をやった。

山門のむこうに三度笠を目深にかぶり、黒の棒縞の道中合羽をまとった長身の渡世人が仁王立ちしていた。朝陽を背に受けて、参道の石畳に長い影を落としている。

お絹は臆するふうもなく歩み寄り、渡世人の前に立った。

「どなたさまでしょう？」

「甲州無宿の伊三郎と申しやす」

「わたしに何か？」

「弥吉さんからのあずかりものを、届けにきやした」

「弥吉さんから？」

伊三郎が合羽の前を開いて、ぬっと右手を差し出した。手のひらに未開封の切餅一個（二十五両）と九十六枚の一分金（二十四両）がのっている。

「そのお金は……？」

「お絹さんを身請けするための金だといっておりやした」

「身請けするための？　……で、弥吉さんはどこにいるんですか」

「亡くなりやした」

お絹の目がちらりと動いた。反応はそれだけだった。あいかわらず能面のように表情のない顔である。

「弥吉さんからあずかったのは五十両でござんす。そのうち一両を弥吉さんの野辺送りに使わせていただきやした。どうぞ、受け取っておくんなさい」

差し出された金を、お絹は無造作につかみ取り、

「弥吉さんは、どこで亡くなったんですか」

感情のない声で訊いた。

「きのう、新町宿の旅籠屋で息を引き取りやした」

「病気だったんですか」

「いや、倉賀野のお絹さんに会いに行く途中、藤岡宿の先の山の中で熊に襲われたそうで。そのときの怪我が原因(もと)で亡くなったんです。弥吉さんは最期までお絹さんに逢いたいといっておりやしたよ」

「…………」

「弥吉さんの亡骸(なきがら)は、新町宿の『善宝寺』という寺の無縁墓地に眠っておりやす。差し出がましいようですが、弥吉さんの供養のためにせめて線香の一本もあげてやってもらえねえでしょうか」

「あいにくですけど、わたしはこれから高崎へ行くつもりですので……」

「高崎へ?」

「倉賀野に売られてきたときから、高崎に住むのが夢だったんです。高崎は江戸

のようににぎやかな町だと聞いておりましたので」

お絹の顔にはじめて感情が洩れた。何かまぶしいものでも見るかのように、目がきらきらと耀いている。

たしかに高崎の城下町は、江戸を彷彿とさせる華やかな町だった。

〈お江戸見たけりゃ、高崎田町〉

と俗謡にも唄われているし、また文政期の戯作者・大田蜀山人も高崎の町並みを見て、まるで江戸に帰ったような気がすると評している。年若いお絹が高崎に憧れるのも無理はなかった。

「弥吉さんは、お絹さんの許嫁じゃなかったんですかい？」

「それは、遠い昔のことですから」

お絹が信州を離れたのは、わずか二カ月余の前のことである。決して遠い昔ではないのだが、弥吉はすでに、お絹の過去にも存在しない男になっていた。

「もう、わたしには関わりのない人なんです。わざわざお運びくださってありがとう存じます。これは些少ですが、お礼のしるしに……」

一分金二枚を差し出した。

「お断りいたしやす」

「でも」

「おめえさんに逢えずに死んでいった弥吉さんは、仕合わせだったかもしれやせんよ」

胸をえぐるような言葉だったが、お絹の表情は変わらなかった。

「ごめんなすって」

伊三郎は合羽をひるがえして、大股に立ち去った。

陽が高くなっていた。

街道を往来する旅人の姿も増えている。

青く澄みきった空のかなたに、山並みがくっきりと稜線を描いている。

初冬とは思えぬほど、おだやかな日和だった。

そんな陽気とは裏腹に、伊三郎の心は晴れなかった。

歩きながら伊三郎は、ふところから三つ折りの紙を取り出して広げた。弥吉が死ぬまで肌身離さず持っていたお絹からの手紙である。伊三郎は最後の数行に目を走らせた。

くにがなつかしゅうて、こいしゅうて、
まいよのようにないてくらし候。
弥吉さんにあいとうございます。
とても、あいとうございます。　絹。

この手紙を書いたお絹は、もうこの世にはいない、弥吉と一緒に死んだのだと、文面に目を走らせながら、伊三郎はそう思った。

やり切れぬ思いで、手紙を引き裂いた。

千々（ちぢ）に引き裂かれた手紙が、風花（かざはな）のように宙に舞った。

上州路の冬は、もう間近に迫っている。

注・本作品は、平成十五年六月、ハルキ文庫（角川春樹事務所）から刊行された、『渡世人伊三郎　上州無情旅』を底本にしています。

渡世人伊三郎　上州無情旅

一〇〇字書評

切・り・取・り・線

購買動機（新聞、雑誌名を記入するか、あるいは○をつけてください）

- □（　　　　　　　　　　　　）の広告を見て
- □（　　　　　　　　　　　　）の書評を見て
- □ 知人のすすめで
- □ タイトルに惹かれて
- □ カバーが良かったから
- □ 内容が面白そうだから
- □ 好きな作家だから
- □ 好きな分野の本だから

・最近、最も感銘を受けた作品名をお書き下さい

・あなたのお好きな作家名をお書き下さい

・その他、ご要望がありましたらお書き下さい

住所	〒				
氏名		職業		年齢	
Eメール	※携帯には配信できません		新刊情報等のメール配信を 希望する・しない		

この本の感想を、編集部までお寄せいただけたらありがたく存じます。今後の企画の参考にさせていただきます。Eメールでも結構です。

いただいた「一〇〇字書評」は、新聞・雑誌等に紹介させていただくことがあります。その場合はお礼として特製図書カードを差し上げます。

前ページの原稿用紙に書評をお書きの上、切り取り、左記までお送り下さい。宛先の住所は不要です。

なお、ご記入いただいたお名前、ご住所等は、書評紹介の事前了解、謝礼のお届けのためだけに利用し、そのほかの目的のために利用することはありません。

〒一〇一－八七〇一
祥伝社文庫編集長　坂口芳和
電話　〇三（三二六五）二〇八〇

祥伝社ホームページの「ブックレビュー」からも、書き込めます。

www.shodensha.co.jp/bookreview

祥伝社文庫

渡世人伊三郎 上州無情旅

令和 3 年 1 月 20 日　初版第 1 刷発行

著　者　黒崎裕一郎

発行者　辻　浩明

発行所　祥伝社

東京都千代田区神田神保町 3-3
〒 101-8701
電話　03（3265）2081（販売部）
電話　03（3265）2080（編集部）
電話　03（3265）3622（業務部）
www.shodensha.co.jp

印刷所　堀内印刷
製本所　ナショナル製本
カバーフォーマットデザイン　中原達治

Printed in Japan ©2021, Yūichirō Kurosaki ISBN978-4-396-34703-1 C0193

祥伝社文庫の好評既刊

黒崎裕一郎
公事宿始末人 千坂唐十郎
〈奉行所に見放され、悲惨な末路を辿った人々の恨みを晴らしてほしい〉――千坂唐十郎は悪の始末を託された。

黒崎裕一郎
公事宿始末人 破邪の剣
濡れ衣を着せ、賄賂をたかり、女囚を売る――奉行所で蔓延る裏稼業。裁かれぬ悪に唐十郎の怒りの刃が唸る！

黒崎裕一郎
公事宿始末人 叛徒狩り
将軍・吉宗の暗殺のため、市中に配された大量の爆薬……。唐十郎の剣は、無辜の民を救えるか!?

黒崎裕一郎
公事宿始末人 斬奸無情
同心と岡っ引殺しの背後に隠された、阿片密売と横領が絡む大垣藩の不正とは……。唐十郎、白刃煌めく敵陣へ！

小杉健治
札差殺し 風烈廻り与力・青柳剣一郎①
旗本の子女が自死する事件が続くなか、富商が殺された。頬に走る刀傷が疼くとき、剣一郎の剣が冴える！

小杉健治
火盗殺し 風烈廻り与力・青柳剣一郎②
江戸の町が業火に。火付け強盗を利用するさらなる悪党、利用される薄幸の人々のため、怒りの剣が吼える！

祥伝社文庫の好評既刊

長谷川 卓　風刃の舞　北町奉行所捕物控①

無辜の町人を射殺した悪党、商家を皆殺しにする凶悪な押込み……。臨時廻り同心・鷲津軍兵衛が追い詰める！

長谷川 卓　黒太刀　北町奉行所捕物控②

斬らねばならぬか――。人の恨みを晴らす義の殺人剣・黒太刀。探索に動き出した軍兵衛に次々と刺客が迫る。

長谷川 卓　空舟　北町奉行所捕物控③

鷲津軍兵衛に、凄絶な突きが迫る！正体不明の《絵師》を追う最中、立ちはだかる敵の秘剣とは!?

長谷川 卓　毒虫　北町奉行所捕物控④

地を這うような探索で一家皆殺しの凶賊を追い詰める軍兵衛ら。そんな折、かつての兄弟子の姿を見かけ……。

長谷川 卓　雨燕　北町奉行所捕物控⑤

己をも欺き続け、危うい断崖に生きる女の儚き純な恋。互いの素性を知らず惹かれ合う男女に、凶賊の影が！

長谷川 卓　寒の辻　北町奉行所捕物控⑥

浪人にしつこく絡んだ若侍らは、人違いから別人を殺めてしまう――管轄違いの一件に軍兵衛は正義を為せるか？